D0889013

Il était combien de fois

DU MÊME AUTEUR

Tu l'aimais quand tu m'as fait?, Presses de la Cité, 2011.
L'Homme à la peau foncée, Joëlle Losfeld 2004.
Sarah, Rivages/Noir, 1999.
Fils de Femme, Rivages/Noir, 1996.

Hélène Couturier

Il était combien de fois

le dilettante
7, place de l'Odéon
Paris 6e

© le dilettante, 2017
ISBN 978-2-84263-879-5

Il y avait l'autoroute et nous deux dans la voiture. La lumière commençait à décliner. J'avais envie d'écouter de la musique mais Jo et moi n'écoutons pas la même. Jo est un Catalan espagnol qui aime uniquement les chanteurs à texte français et la pop anglaise dépressive façon Tindersticks. Il apprécie aussi les voix mélancoliques des chanteuses comme Agnes Obel ou Sóley. J'aime uniquement l'électro et nous roulions donc en silence et puis nous nous sommes arrêtés pour prendre de l'essence et je suis descendue pour aller acheter de l'eau pétillante et il m'a rejointe pour boire un café.

Il le buvait debout.

Entre nous deux une table haute orange qui avait besoin d'un coup d'éponge.

Et là sur un ton anodin, celui qu'il aurait utilisé pour savoir si je serais à l'appartement jeudi matin pour le relevé du compteur électrique, il m'a demandé :

– Combien de fois tu m'as trompé ?

Je n'ai pas sursauté – sauf dans ma tête ! Puis j'ai instinctivement balayé du regard l'espace autour de nous comme si j'avais besoin de m'assurer qu'il s'adressait bien à moi. C'était sans conteste le cas puisqu'il n'y avait personne d'autre devant, derrière ou sur les côtés.

Juste nous deux.

Et comme son regard n'en finissait pas de me scruter et que très clairement il attendait une réponse, j'ai utilisé le même ton anodin :

– Pourquoi tu me demandes ça ?
– C'est une question comme une autre.

Il plaisantait ? Il y a des tas de questions habituelles dans un couple : à quelle heure tu rentres, qu'est-ce qu'on mange, est-ce que ma mère a appelé sur le fixe, mais la sienne ne me semblait pas du tout relever de cette catégorie et de retour dans la voiture j'ai enclenché la musique. Assez fort. De l'électro minimale comme j'aime et qu'il n'aime pas et tout en écoutant *ma* musique je me suis répété *sa* question comme une autre et j'ai conclu que pour un type diplômé d'une grande école de commerce et qui passait ses journées à établir toutes sortes de courbes et de statistiques sa question n'était pas si précise que ça : il voulait connaître le nombre d'hommes ou le nombre de fois tous hommes confondus ?

En tous les cas, *hommes* ou *fois,* sa question avait jeté un gros froid et pourtant arrivés dans l'appartement nous avons retrouvé les questions habituelles d'un couple, tu as faim, tu veux te doucher avant le dîner et j'ai commencé à couper des poivrons rouges et il a ouvert une bouteille de vin et il nous a servis et il m'a tendu un verre avant de prendre le sien – exactement comme d'habitude – sauf qu'il y avait dans son expression quelque chose qui ne sonnait pas comme d'habitude et j'ai repensé au pourquoi de sa question et je me suis dit il t'a aperçue avec un autre ou quelqu'un d'autre t'a aperçue et a eu la délicate attention de l'en informer. C'était forcément un truc dans ce genre-là parce que je ne suis pas de celles qui oublient d'effacer un SMS ou de fermer une boîte de réception sur l'ordinateur de la maison ou de supprimer l'historique d'un journal d'appels téléphoniques.

Vraiment pas.

Je peux oublier des masses de choses mais pas cela et j'ai poursuivi la coupe de mes poivrons rouges mais même avec les yeux baissés sur mon couteau je sentais que son regard n'en finissait pas de me fouiller de partout. Aucun doute. Jo allait d'un moment à l'autre me prouver – peut-être même avec photographies à l'appui – que sa question possédait un puissant ancrage dans notre réalité et j'ai donc attendu.

Mais rien n'est venu. Seul le silence entre nous deux.

Alors comme je n'allais pas non plus couper un kilo de poivrons j'ai fini par relever la tête et j'ai constaté que son expression s'était teintée d'un léger sourire tirant vers l'ironie – ce n'était pas du tout l'expression d'un homme qui a surpris sa femme avec un autre ou alors c'est qu'il s'en fiche complètement !

– Si tu me posais la question je te répondrais.

Je n'avais aucun désir de la lui poser et encore moins qu'il y réponde et l'appartement m'est apparu comme une salle d'interrogatoire alors que pendant longtemps je l'avais perçu comme un terrain de jeux amoureux et j'ai commencé à me dire s'il ne t'a pas vue et qu'il te pose cette question c'est que c'est la fin. Oui. Ce genre de questions se pose en général à la fin de l'histoire quand il n'y a plus d'enjeu entre les partenaires et le goût de la séparation s'est lentement immiscé en moi et c'était une sensation affreuse parce que je n'avais aucune envie de quitter Jo et encore moins qu'il me quitte et j'ai posé mon couteau et je me suis dirigée vers la salle de bains comme si me laver pouvait noyer le goût de la séparation qui n'en finissait pas de me remplir et quand je suis ressortie de ma très longue douche Jo était devant moi et me tendait une serviette et au lieu de me sécher je l'ai posée contre moi pour masquer ma nudité comme si être à poil devant lui résonnait soudain sacrilège alors que durant douze années nous avions exploré ensemble tout ce qu'une femme peut envisager avec un homme et réciproquement – mais il n'était pas le seul avec qui je pratiquais et c'est de cela qu'il voulait débattre et je me suis demandé combien de fois nous avions joui ensemble et je ne suis pas parvenue à me mettre d'accord sur un nombre et l'idée de ne plus avoir le droit de jouir avec lui alors que j'en avais toujours le désir s'est mise à me dévaster et je me suis sentie toute fragile et je me suis souvenue que j'étais en train de geler sur place avec ma serviette encore collée à moi façon paravent comme si j'étais en face du plombier de l'immeuble alors j'ai esquissé un pas et Jo s'est décalé pour me laisser passer et je suis allée m'habiller dans ce qui était encore notre chambre *à coucher* et Jo a surgi.

– Mathilde, pourquoi tu refuses de répondre ?

L'utilisation de mon prénom en début de phrase signifie en général que je caresse la disgrâce car j'ai commis un impair, un truc pas dans ses normes à lui qui sont sans doute les bonnes puisque Jo relève de la catégorie des individus avec qui il est facile de cohabiter. Une ville emplie de Jo serait non polluée, non violente, honnête.

À fond pour la discrimination positive, ce Jo.

C'est parce qu'il y a des gens comme Jo que des gens comme moi peuvent continuer à câliner l'inconséquence.

– Je t'ai posé une question, Mathilde !

Il lui arrivait aussi de placer mon prénom en fin de phrase.

– Tu m'as entendu, Mathilde ?

J'ai hésité à lui confirmer que j'avais toujours une parfaite audition malgré toutes ces nuits passées dans des clubs où il ne résistait pas plus d'une heure et j'ai enfilé un pantalon.

– Alors, Mathilde ?

Alors j'ai décidé de convoquer mon plus vieux et doux et intime compagnon de route : le mensonge.

Au fil des années, tiraillée entre la monotonie de la fidélité et la culpabilité de l'infidélité je suis devenue imbattable en matière de mensonge. Ça a même structuré ma façon de réfléchir et de communiquer. Je donne rarement les noms des gens, des lieux, trop peur de me contredire. Cette absence de noms propres dans mes propos est ma signature. « Je ne sais plus » et « Je ne me rappelle plus » sont les deux formules que j'utilise le plus. Parfois je les emploie même quand ce n'est pas nécessaire. Tu l'as trouvé où ce vin ? Je ne me rappelle plus !

Donc Jo attendait sa réponse à sa question et j'ai très vite pensé au très ordinaire et néanmoins efficace enfin Jo tu délires ou quoi, je ne t'ai jamais trompé, pour qui me prends-tu !

Sauf que dans le cas présent ça ne me paraissait pas très approprié parce que le mensonge possède quelques règles auxquelles il est dangereux de déroger. Il faut toujours mentir en tenant compte de ce que votre interlocuteur a déjà en tête, le caresser dans son sens à lui, et Jo avait en tête quelque chose de beaucoup moins anodin que le ton qu'il avait utilisé laissait présager et j'ai fini par trouver un mensonge qui répondait en même temps à la question du nombre d'hommes et de fois, quelque chose comme : ça m'est arrivé une fois il y a environ trois ans quand j'ai dû partir à Paris en train parce que la grève des aiguilleurs avait annulé les vols, un type rencontré dans le train, une histoire sans importance, on s'est vus deux fois à Paris.

Il y avait un complément de temps et de lieu et de quantité et donc ça évitait les : Je le connais ? Tu l'as rencontré où ? Tu l'as revu ?

Le problème de ce mensonge-là c'est que si jamais Jo m'avait aperçue avec un autre ça entamait sérieusement ma crédibilité et j'ai donc recommencé à chercher une solution et j'ai été traversée par la lumineuse idée de tenter une légère incursion dans la vérité non pas du nombre mais du sujet en utilisant également son prénom et un ton anodin.

– Jo, même dans un couple, il y a des choses qui appartiennent à l'intime de la personne, c'est pour cela que je ne te réponds pas.

Il a éclaté de rire. Pas juste un éclat. Des dizaines d'éclats. Je ne m'étais jamais perçue aussi rigolote. Il riait tant que ça m'a direct renvoyée en classe de seconde quand un intervenant venait nous parler moyens de contraception et que les filles écoutaient attentivement et que les garçons se marraient et que je me demandais quand est-ce qu'ils allaient se décider à être moins cons car je sentais que j'allais beaucoup aimer leur présence.

– Mathilde, tu es extraordinaire, vraiment, tu es en train de me dire que tu me trompes mais que je n'ai pas à le savoir !

Résumé ainsi ça sonnait ridicule et pour bien me montrer que j'étais irrémédiablement ridicule il en a rajouté, maintenant il comprenait pourquoi il ne s'était jamais ennuyé avec moi, j'étais hilarante, sans complexes, et il articulait des Mathilde dans tous les sens, même en milieu de phrase et plusieurs fois par phrase comme si mon prénom s'était soudain réincarné en signe de ponctuation et j'ai alors choisi de ressembler à celle qui ne se sent pas du tout concernée par son rire à la con et je suis retournée dans la salle de bains parce que je venais de prendre la décision de sortir.

Respirer d'autres hommes.
Pas forcément coucher mais les respirer.
Enfin je verrais sur le moment.

J'ai commencé à me maquiller et à me coiffer avec ce soin minutieux qu'on accorde à une occasion particulière – j'étais dans une nuit très particulière, aucun doute là-dessus – et Jo n'a pas tardé à me rejoindre et à observer dans le large miroir la femme pas du tout stressée que je tentais d'être et j'ai reposé le crayon sur le meuble et j'ai saisi le mascara et il a continué de m'observer comme s'il n'avait jamais vu une femme se maquiller les cils.

– Tu sais, Mathilde, dire la vérité n'est pas si compliqué que ça, ça peut même faire du bien.

Son ton était si condescendant que j'ai senti ma colère se répandre plus vite que ma pensée – ce qui n'est jamais bon signe – et j'ai eu envie de l'insulter mais je ne voulais pas être celle qui allume les hostilités de la vulgarité alors j'ai continué de me maquiller et peu à peu une sensation nouvelle et pas du tout agréable est venue me visiter : il y avait quelqu'un entre Jo et moi et ce quelqu'un donnait à Jo la force de ce sourire teinté d'ironie et de ce ton anodin parce que ce quelqu'un était une véritable rencontre de celles qui font qu'on modifie son quotidien et Jo m'avait demandé ce qu'il avait peur que je lui demande parce que Jo était beaucoup moins à l'aise que moi avec le mensonge.

– Épargne-moi le vieux truc qui consiste à demander avant à l'autre ce qu'on a peur qu'il vous demande parce qu'on a un truc à se reprocher.
– Avec une femme comme toi il y a au moins un avantage c'est qu'on est irréprochable !

Pour éviter d'être perçue comme la femelle aigrie j'ai esquissé un rictus du genre félicitations, quel humour ravageur, vraiment j'apprécie ! Alors qu'au fond de moi ça tanguait dans tous les sens et je me suis mise à me brosser les dents avec ferveur parce que j'adore ça et que j'adore la sensation des dents propres dans ma bouche et puis je me suis passé du baume à lèvres incolore parce que j'ai toujours évité le véritable rouge à lèvres parce qu'avec ma grosse bouche ça a tendance à attirer les mâles orientés

uniquement bas-ventre et il n'y a rien de plus déprimant qu'un priapique et dans l'entrée j'ai enfilé ma
veste et pris mon grand sac même s'il n'y a pas
grand-chose à l'intérieur parce que je trouve les
petits sacs ridicules et je me suis avancée vers la
porte et Jo est venu se placer devant moi.

– Reste, il faut qu'on parle.

J'ai secoué la tête et nous nous sommes observés
façon adversaires en vue d'un match pas du tout
équitable et j'ai le souvenir d'un moment interminable et terriblement affreux parce qu'il était de plus
en plus évident qu'il ne m'avait surprise avec personne mais que lui j'aurais pu le surprendre avec une
autre et j'ai esquissé un nouveau pas vers cette porte
que j'avais franchie des milliers de fois et qu'il m'em-
pêchait maintenant de franchir parce qu'il était trop
plein de sa nécessité de régler nos comptes et moi je
ne voulais pas – trop peur d'exploser la colonne
débit – et du silence s'est encore écoulé, beaucoup
de silence avant que Jo admette mon refus de
débattre et qu'il se décale pour me libérer le passage.

– Tu es très élégante.

C'est agaçant cette façon que les garçons ont de
vous complimenter alors qu'ils ont déjà leur sexe
enfoui dans une autre.

– J'ai fait en sorte de ne pas ressembler à une femme qu'on largue !

Il a choisi de ne montrer aucune réaction. De l'anodin, encore, et dans l'ascenseur je ne cessais de me répéter il ne t'a pas contredite, il ne t'a pas contredite donc il est bien en train de te larguer ou il y pense suffisamment pour ne pas avoir trouvé le mot choquant et dans le hall de l'immeuble j'ai croisé la gardienne qui en me voyant coiffée et maquillée avec ce soin minutieux qu'on accorde à une occasion particulière du genre festive m'a souhaité une très bonne soirée et j'ai imaginé que même seule dans sa loge humide et minuscule de gardienne sa nuit avait des chances d'être beaucoup moins pathétique que la mienne et dans la rue je me suis interrogée sur le déroulement de ma première soirée de célibataire depuis douze ans et je me suis vite mise d'accord avec moi-même pour appeler Rocky avant d'aller danser dans un de ces clubs où j'ai mes repères parce que le cocktail MD-électro m'a toujours réconfortée et lorsque mes amis me disent à ton âge tu prends encore ces saloperies je leur réponds que c'est à vingt ans qu'il ne faut surtout pas se défoncer, à mon âge tout est permis parce que les neurones sont en phase de descente active comme tout le reste d'ailleurs.

J'étais quasi arrivée devant la station de vélos quand j'ai senti que mes larmes étaient proches. Je n'étais pas du tout dans l'état de me divertir. J'étais dans l'état d'une femme dont la situation amoureuse a été engagée dans une direction qu'elle n'aurait jamais empruntée de son plein gré et qui a fui avant la fin de la scène et qui soudain se rend compte qu'on ne peut pas toujours fuir – en tous les cas difficilement après douze années de vie avec un homme que l'on n'aurait jamais quitté et j'ai fait demi-tour et dans le hall j'ai recroisé la gardienne qui a dû penser que j'avais oublié quelque chose et quand je suis rentrée dans l'appartement ça m'a fichu un sale coup de voir que Jo était en train de ramasser les épluchures de poivrons rouges comme si ce qui s'était passé entre nous quelques minutes plus tôt n'avait aucune importance.

Il a juste relevé la tête.

– Tu as oublié quelque chose ?
– Je pense que tu m'as demandé combien de fois je t'ai trompé uniquement parce que tu as quelqu'un d'autre dans ta vie et non parce que c'est une question comme une autre dans un couple parce que ça ne l'est pas du tout !

Il a arrêté de faire ce qu'il faisait et il a pris un air grave.

– Effectivement j'ai rencontré quelqu'un.

Un courant glacial m'a traversée. Je venais d'avoir la preuve qu'entre s'attendre à une réponse et y être confronté il y a un fossé non négligeable et je me suis maudite d'être revenue. J'aurais dû téléphoner à Rocky et danser jusqu'à l'aube et histoire de ne pas rester figée dans la situation de la femme larguée qui se couche inexorablement seule disparaître dans le lit d'un de ces types qui font la fermeture des clubs dans l'espoir de se ramasser une nana un peu bourrée – en tous les cas dans un état qui lui interdit le libre arbitre qu'elle aurait le lendemain à jeun – et je me suis répété son annonce en boucle, effectivement j'ai rencontré quelqu'un, effectivement j'ai rencontré quelqu'un et c'était effrayant et Jo a passé un dernier coup d'éponge sur le plan de travail puis il l'a essuyé avec un torchon parce que c'est du noir mat et que sinon l'humidité laisse de sales traces en séchant puis il s'est mis à me fixer dans l'attente de ma réaction et comme elle ne venait pas il a fini par s'impatienter.

– Tu n'as rien à dire… ? Tu as bien quelque chose à dire.

Je ne savais plus quoi faire de mon corps et j'ai posé mes mains sur mes hanches comme une marchande des quatre-saisons attendant le client et ma bouche me faisait l'effet d'être tellement déconstruite de l'intérieur qu'elle ne pouvait plus rafistoler les mots pour l'extérieur.

Impossible de dialoguer.

J'étais vidée.

Et j'ai le souvenir d'un silence absolu où la seule proposition de mots qui parvenait à franchir la nébuleuse de mon cerveau disloqué retentissait pauvre fille, quelque chose comme je ne veux pas que tu me quittes je te jure je ferai des efforts. Il me mettait déjà minable. Je n'allais pas en plus aller dans son sens, m'autolapider, défendre ma date limite de consommation, la repousser.

Je ne suis pas un yaourt.

– Mathilde, toi qui parles tout le temps et qui as toujours un avis sur tout, là, dans un moment de crise, tu n'as rien à dire !

Il qualifiait de *crise* ce que déjà je nommais *rupture* cela voulait-il signifier qu'on restait ensemble malgré *sa* rencontre avec une autre ? Il aurait tout de même pu être un peu plus explicite et je me suis servi un verre de vin histoire d'occuper mes mains puis j'ai été m'asseoir sur le canapé qui me rappelait tant de bons moments auprès de son corps à lui et j'ai bu lentement et je me suis obligée à respirer avec calme car je ne voulais pas devenir l'attraction harpie de l'appartement, ne pas s'offrir en spectacle, ne pas lui donner raison de s'être éloigné de moi et de s'être rapproché d'une autre mais le problème c'est qu'on pouvait rester longtemps ainsi à se regarder parce que lui il n'avait pas prévu de sortir et le silence n'en finissait pas de se dilater et de peser de plus en plus lourd alors j'ai fini par articuler un :

– Tu veux que je te dise quoi ? Ce n'est pas bien ce que tu as fait !

– Tu ne sais pas quoi dire, Mathilde, eh bien je vais te donner une information, dans un moment comme celui-là, Mathilde, dans un moment où un homme annonce à sa femme qu'il a rencontré quelqu'un, la femme normalement constituée hausse le ton et hurle avec qui, quand, je la connais cette pute, où ça s'est passé, combien de fois ça s'est passé ?

– Parfois je suis ravie de ne pas être une femme normale !

Il m'a envoyé une petite expression qui sentait le dédain et qui signifiait tu te crois drôle peut-être, et il s'est assis sur le haut tabouret en métal face au canapé où j'étais toujours installée et où nous nous étions tant amusés à poil ou habillés et il a planté son regard dans le mien et je l'ai trouvé terriblement séduisant dans sa chemise un peu déboutonnée qui laissait deviner son torse et ne plus pouvoir aller caresser ce torse-là était d'une grande violence et il a dû percevoir mon désarroi car sa main s'est refermée nerveusement sur son verre à vin et j'ai observé ses doigts magnifiques et je les ai imaginés dans bien des endroits.

– Mathilde, est-ce que tu as compris ce que je t'ai dit?

Il me prenait pour un individu ayant des soucis de compréhension sur les concepts élémentaires du quotidien ou quoi?

– Tu as préféré dire j'ai rencontré quelqu'un à c'est terminé, donc si tu ne l'avais pas rencontrée peut-être que tu ne me quitterais pas mais là tu as rencontré quelqu'un et tu choisis de me quitter, c'est quand même un concept assez simple à saisir, des millions de gens sont parvenus à le saisir avant moi et même des gens qui avaient beaucoup moins d'expérience que moi en la matière, en d'autres termes tu es mon ex et je suis ton ex! C'est bien ça ou quelque chose m'a échappé?

J'ai croisé les doigts pour que ce ne soit pas ça mais manifestement ça l'était.

Hier il m'aimait.
Aujourd'hui il ne m'aimait plus.

C'est si souvent que l'un ou l'une chasse l'autre et je connais si peu de mâles capables de quitter une femelle sans être déjà munis de la remplaçante et j'ai toujours été moi-même tellement testostéronée à ce niveau-là que je ne pouvais pas émettre une critique et cela aussi résonnait effrayant et je l'ai de nouveau trouvé terriblement séduisant dans sa chemise un peu déboutonnée.

Jo ne voulait plus me plaire et il continuait de me plaire et c'était une sensation effroyable et j'ai pensé que jamais un autre homme n'avait modifié ou remis en question l'attirance profonde qu'il exerçait sur moi.

Un homme qui vous remplissait les mains !

J'avais vraiment merdé.

Il s'est resservi du vin comme si me larguer aiguisait sa soif et le courant glacial a recommencé à me trouer de part en part et le silence a recommencé à dilater l'espace et les larmes et la colère se rapprochaient et je luttais pour les éloigner et je voulais fuir la situation mais pas montrer que je la fuyais et pour cela je devais trouver des mots non générateurs de tensions, des mots capables de clore la situation présente sans donner à l'adversaire – en l'occurrence ici plus fort que moi – l'impression de capituler.

Me transformer momentanément en femme fair-play – que je n'ai jamais été.

Nous méritions une séparation sereine ! Tous les couples la méritent ! La vie à deux est déjà si difficile qu'y mettre un terme devrait être un moment de calme et d'apaisement mais en général ce n'est pas ça du tout. Chacun y va de sa rancœur et le ton monte inexorablement et les reproches fusent en tous sens alors qu'ils sont inutiles.

Oui, totalement inutiles puisqu'un des objectifs majeurs de la rupture est de ne plus se voir alors que l'autre sache ou pas ce qu'on pense de lui ça sert à quoi ? À évoluer martèlerait un homme comme Jo. À évoluer pour quoi, pour qui, pour le prochain ?

Jo était en train de travailler ma moralité pour le suivant !?

Une boule dans mon estomac s'est mise à gonfler. À moins que ce ne soit au niveau du cœur. Je ne savais plus très bien et je me suis levée pour me servir un verre d'eau que j'ai bu d'un trait et je m'en suis servi un deuxième que j'ai de nouveau bu d'un trait et j'ai failli m'en servir un troisième mais je me suis arrêtée à temps parce que ça ne ressemblait plus à la femme qui a soif mais à la femme qui va s'évanouir.

Je devais disparaître.
Sortir, aller danser.
Respirer d'autres hommes.
Pas forcément coucher mais les respirer.
Enfin je verrais sur le moment.

J'ai recommencé à chercher des mots non générateurs de tensions mais les seuls qui surgissaient n'étaient pas appropriés. Ils exhalaient animosité, ressentiment, rancune. Des mots comme profite, tu as juste quelques belles années devant toi avant de vivre avec elle ce que tu vis aujourd'hui avec moi parce que c'est toujours enchanteur le début d'une relation, on n'en finit pas de se jurer des tas de choses qu'on a déjà jurées à d'autres et le plus étonnant c'est qu'on les jure en étant de bonne foi alors qu'on sait pourtant qu'on ne les a pas tenues puisqu'on est justement en train de les jurer pour la troisième ou quatrième fois de notre vie, mais ce n'est pas grave, on y croit.

On est de bonne foi.

J'ai donc continué de chercher l'idée qui indiquait que je respectais sa décision et qui me permettrait de fuir sans avoir l'air de capituler. J'ai mis un peu de temps mais j'ai fini par trouver. Je pouvais même la formuler sur un ton anodin – ce dont je ne me suis pas privée.

– Si la fidélité est pour toi la condition essentielle d'une relation amoureuse je comprends que tu choisisses de me quitter.

À l'expression furieuse qu'il m'a jetée j'ai eu la preuve immédiate que je m'étais égarée et pour la première fois de la soirée j'ai éprouvé une fatigue aussi épaisse que ma peine et j'ai haussé le ton à mon tour.

– Tu préférerais peut-être que je m'effondre en larmes, que je m'agenouille en te suppliant de rester avec moi car je n'ai jamais désiré un autre homme que toi!
– T'es une *vraie* salope!

Même si nous sommes tous conscients que dans ce genre de situations la parole peut rapidement se mettre à dépasser la pensée réelle je me suis quand même demandé s'il ne pensait pas ce qu'il venait de me lâcher et j'ai eu envie de l'insulter à mon tour mais hormis connard je ne trouvais rien alors j'ai opté pour la réplique femme debout :

– Une *vraie* salope est une salope qui ne baise pas !

Il a eu un petit rictus hautain avant de recommencer avec son expression qui empestait le dédain et qui signifiait tu t'imagines spirituelle mais tu es juste pitoyable, ma chère Mathilde !

– Tu te rends compte de ce que tu dis à l'homme avec qui tu vis depuis douze ans, t'as vraiment une case en moins !
– Tu te rends compte de ce que tu as dit à la femme avec qui tu vis depuis douze ans, ce n'est pas parce que tu files le parfait amour avec une autre que ça te donne tous les droits, notamment celui de me traiter de salope !

Il est reparti sur la terrasse. Besoin de fumer. Et cette fois c'est moi qui l'ai poursuivi. Besoin de préciser :

– Si tu dis trop souvent oui t'es une salope et si tu dis trop souvent non t'es aussi une salope… sans doute parce que certains hommes considèrent que la sexualité leur appartient et que c'est à eux seuls d'en établir les règles.

J'aurais pu ajouter : alors cette nuit on va partir d'un principe très simple je suis une salope qui a décidé de dire oui à chaque fois qu'elle en a vraiment envie et que la situation lui paraît joyeuse.

J'aurais pu mais ça ne servait à rien de me dévoiler autant. Jo n'était pas mon ami et a priori même plus mon compagnon.

Je suis retournée dans le salon.
Lui aussi.

– Tu sais très bien que je ne suis pas comme ça et que je défends la parité totale dans tous les domaines y compris sexuel.

S'il croyait que j'allais acquiescer il se fourvoyait, j'avais encore autre chose concernant notre situation à lui clarifier :

– Même si je suis consciente que quitter quelqu'un n'est pas une partie de plaisir, je préférerais quand même être à ta place qu'à la mienne ! Ce serait bien que tu ne l'oublies pas.

– C'est tout ce que tu trouves à dire après douze années de vie ensemble, enfin, ensemble, c'est peut-être un bien grand mot pour toi !

– Généralement, c'est celui qui est dans ma situation qui fait les reproches à l'autre, pas celui qui quitte en ayant déjà rencontré la pièce de rechange, en principe celui-là prend un ton désolé puisqu'il voyage déjà au pays d'une toute nouvelle extase en compagnie d'un être sublime.

– Je ne te percevais pas aussi rigide avec les conventions et franchement ce n'est pas un gros reproche de te dire que tu as un problème avec le couple !

Effectivement ce n'était pas un gros reproche mais son attitude ne me convenait pas. C'était l'attitude de celui qui veut faire porter le poids de sa décision à l'autre. C'est lui qui décide de clore la relation et de vous mettre minable mais c'est l'autre qui en est responsable. Jo voulait m'obliger à reconnaître que j'étais une mauvaise fille et lui un bon garçon ! Je n'étais pas prête pour cela et j'ai été reprendre ma place sur ce canapé témoin de tant de joyeux souvenirs auprès de son corps à lui et j'ai estimé que c'était le bon moment pour disparaître parce que ça ne résonnait plus femme qui fuit mais juste femme qui refuse de rester en compagnie d'un homme qui la traite de salope et j'ai été dans les toilettes pour appeler Rocky mais Rocky était hors ligne alors j'ai attendu quelques minutes et je l'ai rappelé.

En vain.

Toujours hors ligne et sans doute détenteur d'une nouvelle ligne.

Je devais aller traîner du côté des rues où il officiait. C'était la bonne heure. L'heure où il sollicitait les clients et où ceux-ci le cherchaient et si je ne trouvais pas Rocky j'en trouverais un autre. Ce n'était pas difficile.

Bières, roses, eaux, samossas, coke, héro, ecsta, haschisch, MD, speed. Les Pakistanais comme Rocky étaient capables de vendre de tout – même quelque chose qui n'était pas encore à vendre.

Les Pakis suintaient de chaque avenue, rue, ruelle du centre.

Oui en temps normal ce n'était pas difficile de dénicher un autre Rocky mais nous n'étions pas en temps normal car le chagrin et la colère et la fatigue n'en finissaient pas de me plaquer comme si mon corps entier avait été frappé, maltraité, empêché de respirer et je suis repartie vers ce qui était encore notre chambre *à coucher* sans passer par la case démaquillage et Jo est venu me rejoindre et j'ai senti ma colère devancer mon chagrin. Le précéder. C'était à Jo de se casser pas à moi, c'est lui qui avait décidé de mettre un terme à notre relation de douze ans d'âge et l'envie soudaine de tout lui révéler m'a traversée, avouer mes fautes que je ne considérais pas comme des fautes mais comme la vie même, une succession de rencontres qui comblent, c'est si amusant d'avoir le cœur et le corps nouvellement occupés et je ne regrettais pas le temps passé avec Jo ni avec les autres d'ailleurs et j'étais bien incapable de quitter un homme pour une infidélité et je trouvais ça injuste que Jo s'appuie sur cela pour me quitter et il a recommencé avec sa putain de question comme une autre et j'ai gueulé :

– Tu attends quoi au juste, que je regrette tous mes va-et-vient passés, présents et futurs, que je te prie de m'excuser, de quoi, de ne pas vivre comme si j'étais immortelle !

Il a marqué un de ses silences abyssaux qu'il affectionnait depuis que nous étions rentrés dans l'appartement et son expression s'est à nouveau teintée d'un léger sourire tirant vers l'ironie.

– Mathilde, tu veux dire que tu m'as trompé parce qu'un jour tu vas mourir !

– T'as vraiment le don pour résumer ce que je dis de façon à me faire passer pour une débile mais tu m'emmerdes ! Si je n'ai pas grand-chose à te dire aujourd'hui alors que tu m'annonces que tu as rencontré quelqu'un, c'est parce que ce qui nous arrive n'a rien d'exceptionnel, un nouvel humain en remplace un autre, c'est tout, des milliers de couples se séparent chaque jour parce qu'un nouvel humain a surgi entre eux. Tout individu est remplaçable. Tout individu qui veut remplacer son conjoint peut le faire alors laisse-moi dormir !

— Mathilde, il faut que tu saches que ce n'est pas facile de quitter une femme comme toi.

Ça y était. Il l'avait annoncé officiellement. Il me quittait.

— Vraiment pas facile.

Jo voulait que je le plaigne ou quoi ? Il croyait peut-être que c'était facile d'être quittée par un homme comme lui !

— Tu es une femme très attachante.

Il pensait donc à me quitter depuis un certain temps mais j'étais *attachante*. Il me prenait pour son animal de compagnie ! Pour sa chienne ! Et pas dans le contexte que je préfère !

Attachante signifiait quoi exactement ? Qu'il serait resté auprès de moi s'il n'y avait pas eu l'autre ? Qu'il était resté tout ce temps-là avec moi parce que j'étais *attachante* et maintenant je ne l'étais plus assez et je me suis demandé ou redemandé – je ne savais plus – comment je m'étais débrouillée pour ne pas avoir perçu la rupture qui s'annonçait sans doute depuis des semaines parce que Jo est un adulte structuré qui réfléchit aux conséquences de ses décisions et cette décision-là, me quitter, il avait dû la mûrir pendant des semaines voire des mois, la chouchouter, il avait dû établir deux fiches, les plus et les moins avec Mathilde et les moins avaient dû s'enchaîner à une telle vitesse qu'il avait oublié de comptabiliser les plus et j'ai pensé à mon fils qui le jour de ses vingt-deux ans m'a dit maman je t'adore mais je n'aurais pas aimé être ton mec et je lui ai répondu tant mieux parce que j'ai horreur des petits jeunes qui pourraient être mon fils et nous avons rigolé !

C'est incroyable comme lui et moi aimons rire ensemble depuis que nous vivons éloignés – et surtout après nous être agressés et injuriés pendant trois longues années où il regrettait d'être mon fils et moi de l'avoir enfanté.

Et je me suis imaginée lui annoncer que Jo m'avait quittée et il me rétorquait quelque chose comme eh bien ça prouve que cet homme est plein de bon sens !

Mais ce n'est pas du tout ce que mon fils le lendemain m'a répliqué. Il a juste dit ma petite maman chérie je suppose que tu connais déjà l'identité de celui qui va assurer la relève ! Et quand je lui ai dit non il m'a renvoyé un maman attention tu vieillis.

– Toi aussi, Jo, tu dois être très *attachant* parce que jamais je ne t'aurais quitté pour un autre homme.

– Je sais tu préfères me tromper !

Il y a des femmes et des hommes qui aiment faire l'amour pendant des années avec la même et unique personne et d'autres non. Chacun se débrouille comme il peut.

Mais ce n'est pas ce que je lui ai riposté. Ce n'était pas utile. J'ai juste été traversée par l'envie de lui préciser je suis restée huit années sans désirer un autre homme et j'ai adoré cela et puis après ces huit années j'ai pensé qu'on pouvait vivre notre couple différemment parce que les autres c'était juste pour m'amuser et que ça ne changeait en rien mon amour pour toi et le bonheur que j'avais à être contre toi !

Finalement je n'ai rien articulé et j'ai commencé à me déshabiller et il est ressorti de la chambre comme si cette fois c'était lui qui refusait de me voir nue de peur de *tromper* son nouvel amour et j'ai éteint la lumière et je me suis mise au lit et je suis restée un long moment dans le noir. Seule. Je l'entendais aller et venir dans la cuisine. Laver les verres à vin. Aller fumer sur la terrasse. Et de nouveau la cuisine. Le robinet qui coule. Et puis bien après il est arrivé dans la chambre et sans allumer la lumière il s'est installé dans le fauteuil. Je l'entendais respirer et j'ai eu la sensation qu'il voulait parler mais il ne parlait pas et c'était un peu comme si la tempête était passée et de belles images d'avant sont venues me visiter, des images de nos voyages à travers ces cités d'Europe humides et froides où je l'entraînais pour assister à des performances d'artistes qui ne l'intéressaient pas mais qui m'intéressaient moi et après on allait dans les bars et on se saoulait un peu et on s'embrassait beaucoup et l'excitation ressentie par la création de ces artistes était au final bien obsolète par rapport à celle que me provoquaient la vie même et les diverses rencontres qu'on pouvait y mener et notamment ma rencontre avec Jo qui était à sa façon une véritable performance charnelle – vu le temps qu'on passait à travailler le corps de l'autre – et j'ai éprouvé un violent mal au ventre en me remémorant ces moments propriétés du passé où rien de son corps à lui ne pouvait me rebuter et je me suis sentie sauvagement isolée de lui.

À jamais.

Couple : union temporaire non durable.

On finit presque toujours par se détacher de l'autre mais cela me semblait beaucoup trop tôt nous avions encore des choses à vivre tous les deux et même si je savais que Jo n'est pas un homme qui revient sur sa décision – un homme du genre ni oui ni non – j'ai quand même tenté un argument en faveur de la non-séparation.

– On pourrait peut-être rester ensemble, tu la vois quand tu veux sans évidemment me dire quand tu la vois parce que le genre on se dit tout et on partage tout, mêmes nos fantasmes inavouables, très peu pour moi.

Je tiens à mon intimité. Surtout quand elle n'est pas poings et mains liée à celle de l'homme avec qui je vis. Je tiens à la mienne autant qu'à la sienne et ne serait-ce que l'idée de m'enhardir à fouiller les affaires de l'autre à la recherche d'un indice sur la vie qu'il souhaite cachée me met mal à l'aise – peut-être encore plus pour moi que pour l'autre – et brusquement Jo s'est levé du fauteuil et a allumé la lumière. Pas celle du chevet. Celle du plafonnier. J'ai compris qu'une fois de plus la vérité me refusait sa clémence. J'étais faite pour le mensonge. Il était si doux avec moi. J'avais si bien vécu auprès de lui.

– Comme d'habitude, Mathilde, tu ne penses qu'à toi !

Je trouvais au contraire que je pensais à nous deux et que j'avais présenté une proposition honnête mais le lui notifier semblait inutile.

— Tu peux éteindre la lumière s'il te plaît !

Il n'a pas éteint. Il tenait à son éclairage violent comme pour vérifier à quel point il me mettait minable.

— Tu saisis la différence entre la majorité des autres femmes et toi ?
— Tu peux éteindre je voudrais dormir.
— Non tu ne saisis pas alors je vais te donner une information, la majorité des femmes ne proposent pas à leur compagnon d'aller forniquer ailleurs, la majorité des femmes sont malheureuses quand leur homme les trompe mais certaines l'acceptent par amour. Tu comprends ça !

Je comprenais qu'il préférait tromper une femme qui allait en souffrir plutôt que de me tromper sans causer un malheur démesuré.

— Tu peux éteindre la lumière je veux dormir.
— Mathilde, combien de fois tu m'as trompé ?

Nous étions revenus au point de départ et je ne savais toujours pas s'il parlait en nombre d'hommes ou en nombre de fois tous hommes confondus.

– Tu te prends pour qui, pour un juge d'application des peines, tu exiges un nombre et en fonction du nombre tu vas m'absoudre ou me punir, c'est ça, tu veux connaître le nombre pour me dire tu comprends bien, Mathilde, que ta conduite n'est pas acceptable, mais tu m'emmerdes, tu pouvais me dire clairement que c'était terminé sans tout ce questionnaire à la con! La séparation ne me fait pas plaisir mais ça ira, je survivrai, et je rencontrerai un autre homme avec qui je n'aurai pas seulement envie de faire l'amour mais de partager un quotidien, tu es juste un peu plus en avance que moi et je ne vais pas aller me jeter dans le vide pour ça!

– Je n'en doute pas, quitte à te jeter quelque part ce sera dans les bras d'un homme, voire de plusieurs! COMBIEN?

Il a tellement haussé le ton que j'ai sursauté comme s'il m'avait prise en flagrant délit. De quoi? Je ne savais pas mais lui avait sans doute pléthore d'idées à ce sujet.

– C'est quoi le problème, Mathilde, tu as du mal à te souvenir de tous et tu es en train de recompter!

Il virait revanchard, estimait avoir été lésé en tous les cas blessé pendant douze années et me présentait la note et je pouvais juste tenter d'en diminuer le montant, tenter de ressembler à la majorité des autres femmes non pas forcément telles qu'elles sont mais telles qu'elles ont intégré qu'elles doivent apparaître pour assurer à leurs envies une certaine amplitude.

Donc il était évident que je n'allais pas répondre à Jo par le nombre de fois mais par le nombre d'hommes. Un nombre totalement avouable puisque je couche le premier soir mais jamais une seule fois. Je pratique la relation sporadique longue durée non par choix mais par nécessité – c'est si rare de rencontrer un homme qui m'éveille un véritable désir que lorsque j'en découvre un je le dorlote.

Jamais je ne mets fin à une relation.
J'en suis incapable.
Je superpose les relations, je les empile, et suivant l'humeur et le désir et la disponibilité de l'autre, le haut de la pile se modifie.

– Tu veux du papier et un crayon, poser l'addition avec les retenues.

Il devenait super lourd et j'ai eu la sensation que depuis le début j'étais seule à ingérer la souffrance de notre rupture. Or n'était-ce pas lui qui répétait en boucle que dans un couple on doit tout partager?

Je devais le faire payer de sa personne, le faire culpabiliser au moins un peu et donc réduire le nombre. Oui, réduire. J'en étais certaine. Si je lui avouais le nombre réel il me quitterait sans remords et même il se persuaderait qu'il avait bien agi car il quittait une immorale quasi amorale.

Trop de sexe : pas de morale !
Trop de morale : pas de sexe !

La femme doit donc simuler en permanence et c'est ce que j'ai fait en empruntant un accent fautif presque repentant :

— Un... deux...

Je n'ai pas baissé les yeux mais l'intention y était.

— *Un* ou *deux* ?

— Quelle importance !

À l'expression qu'il a affichée j'ai eu la preuve immédiate que j'avais une fois de plus négligé qu'il passait ses journées de travail à établir toutes sortes de statistiques et de courbes. Les chiffres avaient pour lui une responsabilité avérée, *un* n'était pas *deux* et vice versa.

– Quelle importance ! Mais putain, si ça a aussi peu d'importance pour toi, pourquoi tu te fais autant de mecs !

– Ça va... *un, deux* ce n'est pas non plus *huit, neuf* !

– Justement si c'est un, deux ! et pas huit, neuf ! tu devrais quand même t'en souvenir, même si ça n'a aucune importance pour toi !

Jo avait raison, entre un et deux il y a rarement matière à confusion. J'avais donc merdé et le plus déprimant c'est que j'avais merdé en mentant et cela ne m'était pas arrivé depuis mes vingt-cinq ans ce qui signifiait que j'avais perdu la main avec mon plus fidèle compagnon et mes mains étaient d'un moite !

– Alors pour toi, un *de plus* ou *de moins*, c'est tout à fait epsilonesque, charmant pour *lui* ou pour *eux* !

Jo m'a toujours agacée avec son habitude de parsemer son langage de mots piqués au grec alors qu'après l'avoir étudié pendant des années il a toujours été incapable d'en articuler une phrase complète.

– Ça ne les gêne pas tes mecs d'être des godes interchangeables !

Mon *un, deux* l'avait boosté à fond ! Grâce à lui il tenait un nouveau filon de discorde. Il n'allait pas le laisser s'échapper avant de l'avoir pressuré au maximum.

– Si tu veux monter un bureau des réclamations ce sera sans ma culpabilité, tu m'emmerdes !
– Tu n'as pas couché seulement avec un ou deux hommes depuis que nous sommes ensemble, tu mens !

Je devais attaquer avant d'être réduite bout de chair minable. Je devais justifier mon hésitation numéraire et j'ai fini par trouver :

– C'est juste que… j'hésite à propos d'un des deux garçons, parce que si y a pas eu pénétration, faut compter ou pas ?

C'est vrai que c'était une véritable question, donc une hésitation légitime et il a perçu que j'étais satisfaite de ma trouvaille et il a arboré un air triste comme si c'était lui *la* victime alors qu'il devait s'éclater à mort avec son nouveau grand amour et pour la première fois je me suis demandé qui elle était et si je la connaissais et si je lui avais déjà parlé et si elle était plus jeune et plus belle que moi et si elle avait des enfants et si elle quittait un mari pour Jo et si elle était aussi dans la courbe et la statistique et si c'était une Catalane avec le cheveu bien lissé coupe au carré et sans frange et la silhouette fine avec un petit côté sec du genre on ne me claque pas l'épaule pour me saluer ou une Asturienne qui lui préparerait des fabadas bien lourdes le dimanche après-midi ou une Madrilène à gros seins qui parlerait si vite que même lui aurait du mal à la suivre ou une Sud-Américaine ou une Française ou une Anglaise puisque Jo avait toujours préféré les étrangères et je ne voulais pas le questionner car je l'apprendrais sans doute assez vite car nous avions pas mal de connaissances en commun et sans savoir qui elle était je l'enviais et je m'imaginais la rencontrer et m'entendre rétorquer quand on a un homme comme ça on s'arrange pour le garder alors ne crois pas que je vais culpabiliser. Et elle aurait raison. En retrouver un qui regroupe autant de qualités pouvait me prendre des années et des années sur le marché de la séduction il ne m'en restait plus beaucoup.

Aucun doute. J'avais vraiment merdé et j'ai pensé à ma grand-mère.

À chaque fois que je tombais d'une balançoire ou d'un arbre ou d'un vélo et que je me mettais à pleurer elle m'assenait des fallait y penser avant avec le ton supérieur de celles qui avaient conservé le même homme une vie durant envers et contre tout et encore heureux que les maris décédaient plus vite que les épouses parce qu'ainsi elles avaient en tant que veuves quelques années de répit et peut-être même de bonheur avant de s'éteindre.

– Tu as pensé à moi ne serait-ce qu'une fois pendant toutes ces nuits où tu étais avec un autre, est-ce que réellement tu pensais que je ne me rendais compte de rien ?

Évidemment que je me doutais qu'il se doutait mais j'estimais que nous pouvions continuer ainsi, que les doutes qui nous assaillent quand l'autre n'est pas là il y a plusieurs façons de les ingérer et de les digérer et pour ma part j'ai toujours prôné la méthode douce, toujours été persuadée que nous sommes tous tour à tour les trompeurs et les trompés et que tant que ça s'équilibre la vie est belle mais ce n'est pas ce que je lui ai dit car il l'aurait mal interprété. C'est certain. J'ai choisi la méthode raisonnement construit. La femme mature qui assume et a réfléchi au sujet depuis longtemps. Pas la femme légère qui batifole.

– L'infidélité n'est pas un enjeu dans le couple mais pour beaucoup une réalité qui doit se vivre dans la clandestinité et je suis en train de me rendre compte qu'il n'y a pas de clandestinité parfaite, il y a juste des hommes et des femmes qui choisissent de ne pas voir et d'autres qui choisissent de voir !

Il a marqué un long temps de silence et avec son putain de ton anodin m'a articulé un :

– Mathilde, tu faux en permanence !

J'ai eu un moment d'hésitation parce que même s'il est complètement quadrilingue et qu'il parle le français comme beaucoup de Français ne le parlent plus j'étais un peu perdue.

– Faux... du verbe faillir... ou falloir ?
– Faillir !
– Franchement j'ai eu un doute parce que faillir au présent c'est bizarre ! En tous les cas en français on l'utilise peu, habituellement on a failli ou on va faillir, on faut rarement !
– COMBIEN !
– Quatre !
– Tu dis *quatre* parce que c'est plus précis que *un*, *deux*.
– Je dis *quatre* parce que c'est *quatre*.

Pour reprendre une de ses expressions favorites j'ai estimé que quatre divisés en douze années c'était « epsilonesque ». J'étais la seule à savoir qu'on devait les diviser par quatre années et je me suis levée du lit et enroulée dans un châle et dirigée vers la cuisine, j'avais besoin d'eau qui pétille et j'ai sorti une bouteille du réfrigérateur et Jo a surgi :

– Tu n'as pas couché uniquement avec quatre hommes en douze ans, tu mens !

– Non, je ne mens pas !

– Si…

– Non je ne mens pas. C'est quatre !

J'étais tellement habituée à mentir que ça m'a fait super bizarre de dire la vérité, j'avais presque l'impression que je mentais alors que j'en étais certaine, c'était quatre et j'ai répété quatre des dizaines de fois et je me suis souvenue du début de soirée lorsque Jo m'avait assuré que dire la vérité faisait du bien !

Je ne constatais aucun bien-être.

Les quatre hommes existaient entre moi et moi. Ils ne regardaient personne. J'avais presque la sensation de m'être trahie, de les avoir trahis et nous sommes restés un long moment face à face avant qu'il ne m'assène la question fatale :

– Combien de fois avec chaque ?

Je n'ai jamais eu la tendance comptabilité, jamais tenu un carnet où les mâles étaient répertoriés, commentés, notés ! J'ai toujours pensé qu'on retenait les très bons et les très mauvais et que le niveau intermédiaire se fondait dans l'oubli et qu'ainsi ça générait de l'espace pour les futurs très bons et très mauvais.

– Mathilde, tu as parlé de quatre hommes, combien de fois as-tu couché avec ces hommes car tu ne couches jamais une seule fois, ceux avec qui tu sens que tu ne pourras pas poursuivre tu n'y touches pas ! Donc la vraie question pour me donner une idée de l'ampleur de ton infidélité est le nombre de fois.

« L'Ampleur de ton infidélité. » Il se la jouait vraiment juge. « L'Ampleur du préjudice. » Un juge qui connaît parfaitement le mis en examen !

Nous livrons toujours trop de confidences à l'autre en début de relation car nous le pensons amour pour la vie et refusons d'imaginer qu'un jour il sera aussi celui à qui on mentira, qu'un jour il se retrouvera à la place de celui qui se morfond, seul, dans le lit.

– C'est vrai qu'il te faut un peu de temps, le calcul mental n'est pas ce que tu maîtrises le mieux !

Il recommençait avec son ironie à deux balles et je devais livrer un nombre et je suis retournée m'asseoir sur le canapé où nous avions passé de si joyeux moments ensemble à poil ou habillés et je cherchais la date de cette dernière fois ensemble et je ne la trouvais pas et j'ai pensé que si Rocky avait décroché je serais à présent en train de respirer d'autres hommes et ma rencontre avec Rocky m'est revenue. Il m'avait proposé une bière et devant mon embarras à boire il m'avait précisé que les Pakis n'empoisonnaient pas les gens ils préféraient les faire exploser et il s'était marré et j'avais noté qu'autour du cou en guise de pendentif il arborait une petite bite en érection sans couilles mais en or! Nous étions dans une certaine idée de l'accessoire bijou, pas de doute.

– Mathilde, combien de fois avec chaque?

– Tu tiens absolument à m'ensevelir sous le poids de ce que tu considères comme des fautes, tu veux pouvoir te rassurer, être certain que tu quittes une grosse salope, ne pas culpabiliser, eh bien vas-y je suis une grosse salope qui adore se faire baiser!

– Non tu n'aimes pas te faire baiser, ce n'est pas le cul que tu aimes mais l'amour que tu génères chez les hommes, tu as une forme de frigidité!

– Je pensais que tu m'envisageais plutôt nymphomane!

– L'un n'empêche pas l'autre, tu n'as aucune notion de l'émotion de l'autre, tu en es toi-même tellement dépourvue! Tu es juste une femelle alpha frigide!

– Encore tes références de grec, t'es revenu à la première lettre de l'alphabet, il en reste une vingtaine, je ne suis pas couchée!

– Va te faire foutre, Mathilde !

– Je compte y aller mais un peu plus tard, j'ai d'abord besoin de dormir et puis il faut que je réfléchisse avec qui parce que j'hésite entre plusieurs comme tu peux aisément l'imaginer !

– Tu te rends compte de la façon dont tu me parles !

– Tu me dis d'aller me faire foutre et quand je te dis que je vais y aller c'est moi qui suis vulgaire !

– Pourquoi tu ne partouzes pas, tu gagnerais du temps, tu t'en ferais plusieurs en une soirée !

Jo tenait absolument à m'ensevelir sous les milliers de mots assassins que des millions de couples englués dans la rupture se sont jetés avant nous et se jetteront après.

– Non, pas les partouzes, un type qui te saute après une autre et qui ne se souviendra pas de toi ça ne peut pas te convenir, tu t'aimes beaucoup trop pour ça !

Jo venait de me fournir une explication possible sur mon désintérêt total pour le libertinage. J'ai pensé aux couples qui le pratiquent. Ils ne s'emmerdent pas avec les histoires d'adultères ils vont en baiser d'autres ensemble et ça doit être sacrément reposant. Le problème pour moi c'est que rien que la vision d'une plage naturiste grignote ma libido – je n'ose imaginer un club échangiste! Je ne vais quand même pas me forcer. Je ne me suis jamais forcée. Je ne vais pas commencer dans une boîte à partouzes – ce serait indécent!

– La fidélité n'entraîne pas la soumission, est-ce que tu peux comprendre cela, Mathilde?

Il me prenait vraiment pour une demeurée!

– Je ne suis pas infidèle par peur de la soumission mais par amusement!
– Par *amusement*! Ça t'amuse de tromper ton mec!

Je n'avais pas d'autres explications. J'ai toujours aimé faire la fête un peu plus que la moyenne. J'ai toujours eu besoin d'aller danser et de faire l'amour et de jouer au tennis – j'aime bien aussi le ping-pong et le baby-foot – et de m'étirer façon yoga comme d'autres ont besoin de beaucoup travailler ou de gagner beaucoup d'argent ou de beaucoup boire et manger ou de chercher la vague ou de cuisiner ou de dévaler des pistes neigeuses ou d'étudier ou de jouer aux cartes ou de nager ou de remplir des grilles de mots croisés. Et alors?
Alors dans ce cas-là il fallait rester célibataire m'aurait asséné ma grand-mère si elle avait connu la réalité de sa petite-fille pas du tout préférée et

je lui aurais répondu c'est impossible parce que j'adore la présence d'un homme au quotidien. Je trouve ça beau un homme dans une chambre *à coucher*.

— Mathilde, réponds, ça t'amuse de tromper ton mec !

— C'est une façon de parler. Je ne trouve pas ça amusant de tromper mon mec mais découvrir un nouvel homme, oui, je trouve ça amusant et c'est ce qu'on appelle *tromper*.

— Parce que pour toi, Mathilde, *coucher* ce n'est pas *tromper*, c'est juste *s'amuser* ?

Il était manifeste que ça ne servait plus à rien que je tente une explication parce que ça résonnerait forcément justification et au final ça se retournerait contre moi alors pour passer le temps j'ai tenté un rapide calcul du nombre de fois avec les quatre hommes qu'il étiquetait *tromperie* et que je nommais *amusement* et j'ai recensé et inventorié et c'est vite devenu le bazar dans mes additions et plus la quantité augmentait plus je pensais aux devis de rénovation des appartements – comment autant d'unités aussi raisonnables par poste de travail peuvent aboutir à un total aussi onéreux et puis il a recommencé avec son ton anodin comme s'il n'était presque pas concerné et s'entretenait avec une lointaine connaissance des années lycée.

– Mais Mathilde, si tu aimes tant t'amuser avec les autres, pourquoi tu restes en couple ?

Je ne pouvais décemment pas lui répondre : parce que c'est beau un homme dans une chambre à coucher. Non. Je ne pouvais pas. Pas plus que lui répondre mais Jo, je reste en couple parce que c'est trop triste de coucher avec des hommes pour combler le besoin d'amour qui traverse et relance tout un chacun, même les mauvaises filles comme moi et parce que pour bien s'amuser avec les autres il faut être aimée et aimer s'amuser aussi avec celui qui vous aime et c'est pour cette raison qu'il n'y en a pas *un* autre mais *des* autres parce que tu ne peux pas être en concurrence avec plusieurs autres. J'en aime un seul, toi. Les autres c'est juste pour m'amuser. Et j'aurais tellement adoré qu'on continue de jouer ensemble et tu sais comme je suis joueuse et finalement c'est un peu beaucoup ce que je lui ai dit :

– Sans doute parce qu'il n'y a rien de plus triste que de coucher avec des hommes pour combler le besoin d'amour qui traverse et relance tout un chacun, même les mauvaises filles comme moi.

Il m'a balancé un regard d'une telle violence que j'ai cru qu'il allait soulever le canapé.

– Mathilde, tu es la caricature du mec macho ! Il baise la nana la réduisant à un trou.

J'ai pensé à ma grand-mère.

Il est parti en claquant violemment la porte et sur le canapé où nous avions passé de si joyeux moments ensemble j'ai eu la sensation d'avoir survécu au douzième round d'un match de boxe et j'ai bu une bonne gorgée d'eau pétillante puis une autre et la douce chaleur du corps de Jo quand il venait se caler tout contre moi, une main enserrant ma taille et l'autre posée entre mes cuisses, est venue me caresser et quand la douce chaleur s'est éteinte j'ai regagné ma chambre et j'ai songé que quitter une femme comme moi était d'une facilité déconcertante ! On sait qu'elle ne va pas vous bombarder de coups de téléphone, pleurer, parler suicide, aller tout raconter à votre mère ou à vos enfants déjà adultes et englués dans des problématiques si proches des vôtres que vous avez de plus en plus souvent de doutes sur ce que vous devez leur confier ou pas, leur conseiller ou pas et puis j'ai dû finir par m'endormir puisque je me suis réveillée quand le soleil pointait à travers les rideaux que j'avais moi-même cousus. Je devais alors être terriblement amoureuse, voulais montrer à Jo à quel point j'étais habile de mes petites mains en toutes circonstances et j'ai essayé de positiver – ce qui est plutôt dans ma nature – en me répétant que le célibat allait considérablement me simplifier l'existence, plus besoin d'effacer en permanence le journal du téléphone et terminé toutes ces innombrables boîtes de courrier aux mots de passe alambiqués mais bon, j'ai quand même eu du mal à me convaincre du bienfait de la situation parce que ses doigts à lui partout en elle n'en finissaient pas de venir me visiter et c'était terrifiant, un sacré mauvais trip, c'était comme si ses doigts à lui me vidaient de l'intérieur pour la remplir, elle, et puis aussi je n'arrêtais pas d'imaginer les mots que Jo était en train de lui susurrer, peut-être les mêmes qu'il m'avait susurrés douze années plus tôt et auxquels j'avais cru et que lui-même avait articulés en étant de bonne foi, des expressions prédisposées, je n'ai jamais aimé une femme autant que toi, tu es la plus belle et importante rencontre de ma vie, enfin toutes ces locutions qu'on a tendance à vouloir absolument placer au début d'une relation et auxquelles nous croyons alors que nous les prononçons pour la nième fois de notre vie mais ce n'est pas grave, nous y croyons.

Nous sommes de bonne foi.

De nouveau je ne cessais de me demander qui elle était et aussi de m'interroger sur leur première

fois et est-ce qu'ils l'identifiaient à leur premier va-
et-vient ou à leur premier baiser et est-ce que les
deux s'étaient déroulés le même jour, la même
nuit? Ces interrogations me frappaient le ventre.
Quand était-ce devenu si passionnel entre eux que
Jo avait décidé de mettre un terme à notre relation
de douze ans d'âge avec au final plus de meilleurs
moments que de mauvais – enfin peut-être pas pour
lui.

Oui, quand?

Comment je m'étais débrouillée pour ne pas
m'en rendre compte?

J'aurais dû jurer à Jo qu'il n'y en avait jamais eu
un autre que lui et je me suis détestée pour en être
arrivée là et je me suis répété que jamais je ne
retrouverais un autre homme regroupant autant
de qualités et que son ventre hiver comme été avait
la température idéale, tiède l'hiver et fraîche l'été
alors que moi j'ai tendance à être gelée quand il fait
froid et transpirante quand il fait chaud et j'ai passé
l'après-midi à me traîner de mon lit à l'ombre de la
terrasse et de la cuisine à la salle de bains et l'appartement était beaucoup moins beau parce qu'il n'y
avait plus la présence d'un homme à l'intérieur et
comme c'était dimanche je n'ai eu à prévenir personne de mon incapacité à travailler et j'ai été
jusqu'à me demander si Jo – qui est un être responsable et structuré – n'avait pas sciemment élu un
samedi soir pour me larguer histoire de m'assurer

une journée de repos pour me remettre de mes émotions et je n'ai pris aucun appel téléphonique excepté celui de mon fils et quand je lui ai fait part de ma situation affective et qu'il m'a assené son attention maman tu vieillis sans même me questionner sur les raisons de la séparation – à croire qu'il savait déjà tout me concernant et en tous les cas ne souhaitait pas en savoir plus – eh bien je me suis sentie vraiment vieille et la perspective de passer une soirée seule chez moi comme une *vieille* femme m'a littéralement effondrée et j'ai pensé à contacter un de ces hommes avec qui j'aime bien *m'amuser* et qui selon ses disponibilités me dirait oui ou non mais je ne parvenais pas à être réellement motivée – c'était comme si ces hommes appartenaient à mon histoire avec Jo et maintenant que Jo n'était plus mon histoire ces hommes non plus et j'ai téléphoné à Rocky et évidemment il était encore hors ligne et j'ai décidé de partir à sa recherche et d'aller danser et je voulais le faire seule. Surtout éviter la compagnie d'une amie à qui j'aurais tout raconté et qui aurait juste abondé dans mon sens même si elle ne le pensait pas mais pensait juste que c'était trop tôt pour me dire ce que tous mes amis – même les plus bienveillants et dingues – ont toujours estimé, Mathilde, tu n'es pas complètement tolérable pour un homme on peut comprendre Jo et dans l'ascenseur je n'ai pas croisé la gardienne et j'ai pris un vélo à la station et j'ai pédalé jusqu'au centre et j'ai attendu pour remettre le vélo à une borne parce que c'était l'heure où les fêtards s'étaient déjà dirigés vers le centre pour la nuit et en attendant qu'une place se libère j'ai repensé à mon fils et je me suis répété non, tu ne vieillis pas, tu vas passer la nuit dehors et tu vas te trouver un nouvel amant comme tu l'aurais fait il y a vingt-cinq ans et tant pis si c'est juste pour une fois et si tu es encore plus déprimée le lendemain – c'est une nuit particulière – et j'ai envoyé un texto à mes collaborateurs en leur précisant que j'étais au lit, patraque, et que je ne pensais pas venir à l'agence avant le lendemain fin de journée et j'ai croisé les doigts pour ne pas les rencontrer tout en me rappelant que même si ça se produisait ils n'allaient pas me licencier puisque c'était moi la patronne et que le risque était mineur car c'était un couple à l'ancienne, un couple de gays qui ne sortait plus depuis qu'il s'était marié et vers les vingt et une heures j'ai traversé un premier territoire de dealers.

– Coke, MD, héro. Good quality, very good.
– Tu connais Rocky?
– Tu lui veux quoi à Rocky?
– C'est à lui que j'achète
– Lui ou moi c'est pareil.

Effectivement c'était pareil, la même mauvaise marchandise recomposée et altérée mais bon, tant que je n'étais pas capable de produire ce que je consommais j'en étais réduite à ingurgiter ce qu'on me vendait et vu mon niveau en chimie je n'allais pas me lancer de sitôt dans la production et j'ai continué mon chemin en direction du territoire de Rocky et j'ai traversé une placette où de très jeunes filles sud-américaines se vendaient et je me suis dit tu as plus du double de leur âge mais plus de la moitié d'entre elles sera morte avant toi et j'en ai observé une qui s'éloignait avec un client du Nord de l'Europe et le pantalon ultramoulant en simili cuir bleu roi de la fille m'a rappelé illico celui de la pute écroulée devant ma porte alors que j'habitais encore Paris et le haut de Pigalle – bien avant ma rencontre avec Jo – et les filles croisées étaient des cadavres sous crack, décharnées, la peau tannée de boutons, les yeux vitreux et le cul moulé dans un pantalon si serré que l'enlever à chaque passe devait prendre un temps fou ou bien il comportait une ouverture secrète à fermeture Éclair ou bien elles ne faisaient que branler ou sucer et elles étaient perchées sur des talons si hauts que la cheville se tordait à chaque pas mais elles ne s'en rendaient même plus compte. Trop défoncées. La douleur ne les touchait plus. En plein hiver les seins à l'air elles ne tremblaient pas. Le froid elles ne le percevaient plus. Elles ne sentaient plus rien. Plus de corps et plus trop d'esprit. Des filles dépossédées. Elles étaient à qui avait l'argent. Des filles sans nom et quasi sans visage et un matin à l'aube alors que je rentrais à mon domicile après une nuit de plaisir chez un amant depuis longtemps perdu dans la nébuleuse des amants passés – il ne devait être ni très bon ni très mauvais – j'avais retrouvé une de ces filles sans nom écroulée devant ma porte d'immeuble et j'étais restée immobile devant elle parce que je refusais de l'enjamber comme une merde de chien parce que l'enjamber m'aurait donné la sensation de collaborer au trafic mondial et instauré d'êtres humains dont elle était l'élément ouvrier le plus fragile – les prostituées devraient être dorlotées par toutes celles qui ne le sont pas car c'est grâce à elles que nous pouvons choisir de baiser ou pas et de justement jouer à la pute – et je m'étais accroupie et je lui avais demandé de bouger et elle n'avait pas répondu. Ses yeux étaient ouverts mais elle n'entendait pas et elle puait de la bouche comme tous les crackés et le patron du bar américain d'en face était intervenu et l'avait traînée quelques mètres plus loin comme un sac-poubelle trop rempli – alors on fait un peu attention à ne pas trop le frotter au sol, histoire que ses déchets n'éclaboussent pas nos chaussures – et quand il l'avait lâchée la fille s'était écroulée aussi sec. Même assise elle ne tenait plus. Elle respirait encore mais plus trop et j'avais téléphoné au Samu et le patron du bar avait précisé aux ambulanciers qu'il ne la connaissait pas et en quelque sorte c'était vrai, il l'avait déjà remplacée par une autre et je n'avais jamais revu la fille mais j'avais continué de croiser le patron et de le saluer comme des voisins partageant quelques mètres de goudron devant notre porte d'entrée. Il était le patron du trottoir. Il surveillait mon scooter la nuit et il avait fini par m'inviter à prendre un verre dans son bar. Entre voisins. C'était pendant l'heure du déjeuner et trois filles au comptoir attendaient le client et une plus âgée évoluait derrière le comptoir et un spot rose balayait une minuscule piste de danse pendant que la musique oscillait entre le pire de la variété italienne et française non remixée et je m'étais demandé comment on pouvait être musicien et créer de telles horreurs et surtout oser les faire écouter à d'autres et j'avais fini par me dire que le choix de la musique c'était exprès, pour que les clients ne traînent pas sur la piste de danse, qu'ils aillent forniquer plus vite, que le commerce fonctionne et le patron m'avait interrogée sur mon métier et nous avions discuté fonds de commerce et droits au bail comme si ce type n'était pas un gros enfoiré capable de tabasser n'importe quelle femme qui ne voulait pas faire ce qu'il voulait et plus il me parlait et plus je pensais aux ancêtres mâles de ma famille paternelle. Des Corses propriétaires d'un bordel dans la casbah d'Alger. Des pères capables de balancer une gamine sur le trottoir pendant qu'ils inscrivaient les leurs dans une école privée avec l'argent que leur rapportait la prostituée mineure. La douleur des femmes avait nourri ma famille et l'avait même enrichie et je m'étais souvent interrogée sur le quotidien de l'épouse de mon grand-oncle. Posait-elle des questions pratiques à son mari le soir quand il rentrait du travail, par qui tu t'es fait branler aujourd'hui, tu as tabassé qui aujourd'hui ? C'était ça le quotidien d'un homme comme mon voisin, gardien de mon scooter, un homme comme mon grand-oncle parce que dans la réalité on ne dirige pas un bordel en étant un être doux et gentil empli de délicate poésie. Ces tenanciers-là existent juste dans les fictions télévisées sur Pigalle qui donnent l'illusion que les filles pratiquent cela par choix ! Tu voulais faire quoi comme métier quand tu étais petite ? J'hésitais entre pute et stripteaseuse. Alors tu es contente, tu as bien réussi ! Oh oui c'est super j'adore mon métier, je préfère quand même avaler que pas, c'est plus nourrissant et c'est bon pour la peau.

– Coke, MD, héro. Good quality, very good.
– Tu connais Rocky ?
– Rocky ou moi c'est pareil. Special price. Good price.

J'ai continué mon chemin et je suis passée devant le domicile d'un homme avec qui j'aime bien m'amuser et de nouveau je me suis dit si tu as envie d'un homme pour cette nuit offre-toi un inconnu. De l'intimité éclair. Et tant pis si c'est glauque parce que du glauque tu viens aussi d'en vivre avec un homme avec qui tu as partagé douze années dont huit années de fidélité absolue, alors? Alors pour la nième fois j'ai regretté de ne pas l'avoir confié à Jo mais de toute façon il ne m'aurait pas crue et j'ai pénétré dans le territoire habituel que Rocky se répartissait avec des dizaines d'autres.

– Coke, MD, herbe!
– Il n'est pas là Rocky?
– Tu lui veux quoi?
– Je veux le voir.
– Lui ou moi c'est pareil!
– Non, c'est pas pareil.
– T'es amoureuse ou quoi?

J'ai poursuivi en direction de l'appartement de Rocky et j'ai traversé le territoire où des Africaines très jeunes se vendaient et des images violentes de bouches qui s'ouvrent et de cuisses qui s'écartent sans désir sont venues me frapper et je me suis sentie très privilégiée et je suis arrivée devant le gros chat en pierre de la Rambla du Raval et j'ai bifurqué vers Poble Sec et tout autour de moi encore des Pakis et des Indiens très jeunes et de très grosses Africaines dont les replis de chairs débordaient de partout, même des sandales, et je me suis dit que cette ville regorgeait de prostituées et de dealers qui allaient et venaient en toute quiétude, un peu comme s'ils étaient sous protection policière car incontournables curiosités touristiques et c'était à croire que l'Europe entière débarquait dans cette ville autant pour eux que pour la Sagrada Família et je me suis demandé quelles étaient les recettes des monuments Gaudí par rapport à celles de la drogue et de la prostitution mais c'était impossible à savoir, je savais juste que Barcelone comptait davantage de prostituées que de dealers mais qu'elles rapportaient moins que ces derniers – ce qui est assez logique puisque le sexe peut se pratiquer gratis alors qu'il faut toujours payer la drogue et que la bouche d'une femme vaut moins qu'un gramme de MD et j'ai pensé aux hommes prostitués. Est-ce que j'utiliserai leurs services quand je ne trouverai plus de partenaires gratuits pour *m'amuser* et est-ce que ça m'amusera encore quand il faudra payer et est-ce que ma vision de Barcelone ne reste pas celle d'une étrangère?

Jamais à Paris je ne me suis posé ce genre de questions sur les recettes des prostituées et celles des bateaux-mouches et des revendeurs de drogue.

Combien d'années reste-t-on une étrangère dans sa ville d'adoption?

– Coke? Good quality, very good.

– Je cherche Rocky, tu l'as vu depuis hier ?
– Good quality, very good. Best quality. Special price for you.

La fenêtre de la chambre de Rocky était éclairée mais y monter sans prévenir n'était pas autorisé alors je l'ai rappelé. Toujours hors ligne. J'ai décidé de patienter un peu mais en quelques secondes un flot de dealers est venu me demander ce que je voulais acheter car devant la couleur et l'âge de ma peau il était manifeste que je n'étais pas la nouvelle pute du quartier et ça a recommencé, tu lui veux quoi à Rocky, Rocky ou moi c'est pareil et je suis repartie en direction du gros chat en pierre et un Paki aussi maigre que minuscule s'est brutalement rapproché de moi et m'a accompagnée sur quelques mètres comme si nous avions décidé de passer la soirée ensemble.

– Tu vas me coller longtemps ?
– Coke ?

Son œil ne cessait de me balayer et de balayer l'espace autour de nous en un temps record comme un RoboCop.

Il était si terriblement minuscule.

– Je cherche Rocky.

– Je sais que tu cherches Rocky. Je t'ai entendue dire aux autres que tu cherchais Rocky. Tu lui veux quoi à Rocky?

– C'est à lui que j'achète.

– Rocky ou moi c'est pareil!

– Tu connais Rocky ou pas?

– Sûr que je connais Rocky.

– Tu l'as vu aujourd'hui?

– Lui ou moi c'est pareil.

– J'aime bien quand c'est lui, tu l'as vu aujourd'hui?

– Je sais plus si je l'ai vu, dis-moi ce que tu veux.

– Je veux Rocky.

– Tu veux un jeune.

– Mais non… c'est pas ça, enfin!

– Un vieux alors?

Il a rigolé et moi aussi.

– Tu veux de la coke. Good quality, good! Very good! The best!

– Non.

– MD?

– Oui.

– Suis-moi!

Il s'appelait Jimmy et je l'ai suivi et toutes les deux secondes il se retournait :

– Keep distance, keep distance !

Dès que je ralentissais le pas pour laisser davantage de distance il me lançait des :

– Come, come, come !

Jimmy était très agité, sûrement pas mal défoncé, en tous les cas bien perturbé et j'avais beaucoup de difficulté à régler mon rythme de marche sur le sien.

– Come, come !

J'ai pensé à Jo non pas dans les bras de son nouveau grand amour mais en train de me surprendre à suivre un dealer défoncé et Jo hésitait entre l'apitoiement le plus élémentaire sur mon sort – la pauvre femme à son âge elle en est encore là – ou sur le sien – et dire que j'ai passé douze ans avec cette femme j'étais vraiment aveugle – et sa voix est venue tambouriner dans ma tête et plus exactement une phrase qu'il m'assenait à intervalles réguliers depuis que nous avions fêté mon cinquantième anniversaire, Mathilde tu devrais accepter de vieillir un peu et arrêter tes plans d'adolescentes attardées et ma voix qui aurait dû répondre je n'ai pas la sensation de ne pas accepter le vieillissement mais au contraire de l'exploiter au maximum. Jamais à trente ans je ne me suis alloué autant de libertés.

Impossible. Trop d'enjeux dans tous les sens. Pas le temps d'être une salope qui dit plus souvent oui que non et il y a quelques semaines j'avais prié Jo de me dresser le profil exact de la femme de cinquante ans qui *respecte* son âge et il m'avait rétorqué un sonore Mathilde tu m'emmerdes ! Somme toute il y avait déjà quelques tensions au sein de notre couple mais de là à imaginer qu'il en avait déjà élu une autre !

Jo m'aimait.
Jo ne m'aime plus !

J'aurais dû lui marteler que mon âge est celui de tous les possibles. Les enfants sont élevés. Leurs hystéries adolescentes qui vous poignardaient terminées. L'enfant va même jusqu'à vous accorder bienveillance : la même que vous accordez à vos parents affaiblis et vulnérables, si vieux ! Vos parents ont maintenant besoin de votre soutien aussi fort que vous aviez besoin d'eux quand vous étiez encore leur enfant et votre vie professionnelle suit son cours. Seule ombre au tableau : cet âge idéal ne va pas se dilater dans le temps et je suivais Jimmy en me répétant que bientôt plus aucun revendeur n'oserait m'aborder et que la drogue pour aller danser m'avait toujours séduite et que ma rencontre à dix-sept ans avec de jeunes adultes qui n'avaient plus grand-chose d'humain à cause de l'héroïne m'avait poussée à intégrer que si je voulais me droguer longtemps je devais consommer peu et rarement – tout au début est toujours féérique, exquis, enchanteur – et nous avons traversé le Raval à une allure vertigineuse et j'avais de plus en plus de mal à le suivre car je n'étais pas chaussée de baskets comme lui alors j'ai fini par m'arrêter et quand il s'en est aperçu il est revenu sur ses pas et je l'ai trouvé encore plus squelettique et microscopique.

– Problem ?
– C'est loin encore ?
– Close, very close !

Jimmy est reparti sur un rythme effréné comme pour diminuer la distance qui nous séparait encore de sa planque et j'ai pensé à Rocky et à son arrivée en Espagne quand il travaillait dans les vignes et il avait eu les tendons de la main droite sectionnés et le vigneron lui avait remis mille euros pour qu'il disparaisse et Rocky avait trouvé cela formidable, assurant que jamais, même pour une main entière, il n'aurait eu autant au Pakistan et grâce à ce petit pécule Rocky avait pu se reconvertir en dealer et peu lui importait de jouer avec sa main gauche sur trois poignées de baby-foot, la droite étant simplement bloquée sur le gardien de but car même ainsi il restait un adversaire redoutable.

Quel est le métier le plus dangereux : ouvrier agricole ou dealer ?

Il y a des tas de gens comme Jo qui font des multitudes de statistiques sur des masses de sujets pour toutes sortes de multinationales et de gouvernements mais en ont-ils déjà établi sur l'espérance de vie d'un dealer pakistanais de rue à Barcelone ?

À la limite entre Raval et Poble Sec Jimmy a stoppé devant une porte d'immeuble plutôt propre.

– Tu montes ?
– Non !
– T'as peur ?
– Je t'attends !
– T'as peur de monter ?
– Oui.
– Y a dix mecs dans la calle qui t'ont vue partir avec moi alors de quoi t'as peur ? Tu crois qu'on a envie que les flics rappliquent dans notre business ! On est en Espagne, pas au Pakistan ! Ici on n'enlève pas les gens, qu'est-ce qu'on en ferait, qu'est-ce que je ferais de toi, tu peux me dire !

Jimmy était d'une logique implacable et avec le nombre de prostituées junkies prêtes à tout pour une ración de ses produits pour quelles raisons se serait-il aventuré dans le viol d'une femme qui aurait pu être sa mère et presque sa grand-mère vu l'âge où les siens se reproduisent! C'était peut-être un psychopathe qui s'était rallié à la grande tendance sexuelle du moment : aller et venir dans le double de son âge.

Le gérontophile confère savoir et expérience absolus aux générations antérieures.

Ils ne se marièrent pas, ils n'eurent aucun enfant mais qu'est-ce qu'ils baisèrent!

Jo avait juste l'âge idéal, le mien.

J'ai suivi Jimmy dans le hall d'entrée de l'immeuble un peu comme quand on paye au poker.
Pour voir.
Voir quoi?
Plutôt éprouver autre chose que le chagrin qui n'en finissait pas de me coller comme s'il s'était instauré en compagnon de ma nouvelle vie et je me sentais à la fois pleine et vide et je suis montée dans la tanière de Jimmy en pensant que même sans ce chagrin qui me collait j'y serais peut-être montée parce que l'extrême dont j'ai besoin je le trouve dans mes promenades nocturnes et souvent solitaires qui me conduisent à rencontrer des personnages qui m'enchantent ou me désolent par la singularité de leur existence même et non dans la pratique d'un sport de glisse hors piste et comme

l'ascenseur était bloqué entre deux étages nous avons emprunté l'escalier et plus nous montions et plus nous croisions des Pakistanais qui descendaient avec des brassées de roses, des canettes de bière, des glacières et d'autres qui remontaient les bras vides. Ils étaient à la fois calmes et agités. Soumis à la loi du marché du sans-papiers. La cage d'escalier était l'entrepôt. Ils s'y ravitaillaient. Au sixième et dernier étage Jimmy a poussé une porte et une fragrance de curry a enveloppé le palier et nous a entraînés en quelques secondes très loin de l'Espagne et au cœur du continent indien. Un vaste salon propre et rangé, un sofa à grosses fleurs recouvert de plastique, une large table basse en bois verni brillant, un sol recouvert d'épais tapis acrylique et au plafond deux énormes néons et j'ai tout de suite préféré éviter de me représenter la réalité de ma peau sous cet éclairage blafard et je suis allée m'asseoir sur le sofa parce que Jimmy venait de m'y inviter et que je n'allais pas rester debout et Jimmy a pris place à mes côtés et l'appartement était immense et occupait sans doute l'ensemble de l'étage puisque les locataires avaient choisi de percer un large trou dans le mur de séparation de l'appartement voisin – qu'ils devaient aussi louer car nous n'étions pas dans une zone de squat – qu'ils semblaient avoir dédié à l'espace dortoir, les équipes de jour et de nuit devaient se relayer sur les matelas en fonction de leurs horaires de travail dans la calle.

– T'as soif?
– Non, merci.

Au bout d'un long couloir et dans une cuisine aussi pourvue de néons une femme s'affairait devant un énorme faitout, préparant des kilos de curry pour les dizaines de revendeurs qui parcouraient la nuit et elle a esquissé un salut timide en réponse à mon sourire et ça sentait super bon et je me suis rappelé que je n'avais quasiment rien mangé depuis la veille comme si la séparation avait relégué mon estomac aux oubliettes – le rejet de mon bas-ventre par Jo accaparant toute mon attention.

– T'as faim?
– Non, ça va…

Mon sentiment de faim s'apaiserait avec la MD et j'ai pensé à un lointain amant libanais sunnite qui cuisinait superbement alors qu'il n'ingurgitait rien à part ses traits de cocaïne et il se baladait avec son tablier de cuisine noué sur un slip à travers les couloirs de la vaste résidence secondaire de ses parents nichée dans le XVIe arrondissement de Paris et il coupait les citrons en forme de grenade pour en garnir le plat de houmous et quand il n'était pas dans l'élaboration d'une nouvelle recette il démontait et remontait son vélo, le peignait et le repeignait puis sniffait un énième trait et pédalait à fond de la chambre au salon.

J'ai souvent eu des amants bons cuisiniers, motards et gros fumeurs.

Jo était les trois.

Je cuisine peu je préfère le vélo et la fumée m'oppresse : j'aurais dû me méfier.

Jimmy a détendu ses jambes et ses bras, s'affalant sans retenue sur le sofa. Il ne semblait pas très empressé à passer à l'étape vente et j'ai commencé à m'impatienter.

L'amant libanais avait déposé deux cents grammes d'herbe compressée dans la boule du plafonnier d'un appartement que j'avais à la vente en mandat exclusif et sans me le signaler et sans prévoir qu'un samedi midi après une visite j'oublierais d'éteindre la lumière. L'ampoule avait doucement cramé l'herbe et sérieusement embaumé l'espace et la cage d'escalier et le dimanche matin les voisins avaient alerté les pompiers et les pompiers avaient alerté les flics à qui j'avais juré – tout comme le propriétaire qui lui était de bonne foi – ne rien comprendre, sans doute un ancien locataire avait conservé un double des clefs et sachant l'appartement inoccupé en avait profité pour l'ériger en dépôt de marchandise et les flics m'avaient précisé que pour cette fois ça allait mais que je fasse attention et je leur avais dit vous m'imaginez assez stupide pour risquer ma carte d'agent immobilier pour quelques dizaines de grammes d'herbe et les flics m'avaient répondu que des tas de gens a priori intelligents se retrouvaient à faire n'importe quoi.

J'avais fait n'importe quoi avec l'amant libanais parce que ça nous *amusait* de pratiquer nos *amusements* dans des appartements vides de leurs occupants et j'avais alors perçu le puissant lien qui existait entre le choix de ma profession et mes amusements : il faut toujours un lieu pour faire l'amour et j'avais des tas de trousseaux de clefs et l'amant libanais n'avait qu'à se servir dans mon grand sac – puisque déjà à l'époque j'avais horreur des petits sacs – et en sortant du commissariat je lui avais donné rendez-vous dans un parc parce que je m'imaginais déjà en plein polar, déjà sur écoute, et je lui avais raconté les faits et lui avais témoigné mon mécontentement et il m'avait juste précisé que j'avais de la chance que ce soit deux cents grammes d'herbe et non de cocaïne parce que cela aurait été vraiment compliqué pour lui de rembourser et donc pour moi et je l'avais quitté illico en me promettant de ne plus jamais choisir pour amant un dealer.

J'avais tenu ma promesse et des années plus tard j'avais raconté l'anecdote à Rocky et il s'était bien marré.

Jimmy était toujours collé à moi sur le canapé avec autour de nous les dizaines de Pakistanais qui continuaient d'aller et venir sans nous allouer un regard comme si Jimmy et moi n'avions pas d'existence propre et ça devenait angoissant et j'ai compris que pour échapper à l'inconfort de la calle il proposait au client de monter et ralentissait au maximum la transaction une fois installé sur le sofa à larges fleurs recouvert de plastique.

– Tu veux pas un thé?
– Non merci. Je ne peux pas trop rester, tu sais…
– T'as un mec?
– Oui.
– Il est où?
– Il m'attend dans un bar du Gòtic.
– T'as un mec et il te laisse monter seule chez les Pakis!
– D'habitude je ne monte pas.
– Il est où ton mec?
– Je t'ai dit dans le Gòtic. Faut que je me dépêche.

Très à contrecœur Jimmy s'est extirpé du sofa et j'ai pensé qu'il était au début de sa nuit et qu'elle était longue puisque les revendeurs étaient encore présents à l'aube pour l'entrée des after et j'ai pensé à ses petites jambes minuscules et maigrelettes qui rêvaient de position horizontale et il a enfin daigné amorcer un pas vers le couloir ralliant la cuisine et j'ai pensé que la MD devait se trouver sous la bon-bonne de gaz puisque tous les revendeurs la pla-çaient à cet endroit mais Jimmy a bifurqué avant la cuisine et j'ai alors noté qu'au bout du couloir deux gamins âgés d'une dizaine d'années et donc pas encore totalement immergés dans le business local m'observaient sans retenue en ricanant et Jimmy est revenu et s'est direct affalé sur le sofa et a roulé sur moi – heureusement il n'était pas bien lourd !

– Deux pour quatre-vingt-dix.

– Je n'en veux pas deux, j'en veux un et un c'est trente.

– Deux pour quatre-vingts.

– Je t'ai dit un et je le payerai trente parce que c'est quarante quand c'est réellement de la MD et dans la calle c'est trente parce que c'est archi-coupé et tu le sais aussi bien que moi.

– On n'est pas dans la calle !

Il avait de la repartie. S'il vivait assez longtemps il deviendrait chef !

– Soixante-dix.

77

– Un pour trente.

– Deux pour soixante-cinq.

J'ai secoué la tête sans manifester mon agacement car j'étais aussi montée dans la tanière de Jimmy pour éprouver autre chose que le chagrin qui n'en finissait pas de me coller et cela avait pas mal fonctionné jusqu'à présent et rien que pour cela j'étais redevable à Jimmy qui n'était pas encore disposé à échanger le moelleux du sofa à fleurs plastifié contre l'inconfort de la calle.

Je devais me montrer compréhensive. En finir dignement avec lui. Accepter sa lenteur de transaction. Lui permettre de se rapprocher de son temps de pause souhaité mais non autorisé et la bouche de Jimmy s'est soudain plaquée à mon oreille.

– Deux pour soixante et toi et moi on fait l'amour !

J'ai quasiment été projetée dans la même sensation de stupéfaction que lorsque Jo à la cafétéria m'avait demandé combien de fois je l'avais trompé car en trente ans de fréquentation sporadique de dealers je n'avais jamais recueilli une telle proposition et je me suis levée et avancée vers la sortie.

Jimmy aussi.

– Deux pour cinquante et on fait l'amour.

J'ai pensé à Rocky. Il n'avait pas tenté de coucher avec moi mais de me faire épouser son frère contre de l'argent en me précisant que je n'aurais pas à consommer. L'argent c'était juste pour les papiers. J'avais décliné en lui précisant que j'étais contre le mariage et que dans ce pays catholique il n'y avait plus que les gays pour le désirer et il n'avait pas insisté car comme la majorité des Pakis et des Indiens arpentant le vieux Barcelone Rocky est ataviquement homophobe – à croire que même les rares déclarés gays le sont – et nous n'en avions jamais reparlé et j'avais cru comprendre que son frère avait fini par s'arranger avec les parents d'un Indien de Madagascar décédé accidentellement dans sa quarantième année.

Des histoires d'Indiens où la même identité traverse plusieurs vies, de la réincarnation adaptée aux flots migratoires.

– Deux pour quarante et on fait l'amour ! Tu verras je vais bien te faire l'amour. Pas te baiser. Tu comprends ? Te faire l'amour parce que toi t'es pas une petite salope. T'es une vraie femme éduquée.

Ça changeait d'avec Jo. Je n'étais plus une salope. J'avais quand même un doute sur l'issue de notre discussion.

– Deux pour trente-cinq et je te fais l'amour !

À cette cadence il allait sous peu me proposer de me payer pour coucher avec lui et même si j'étais sortie de chez moi avec l'idée de m'offrir un inconnu pour la nuit je n'étais pas encore assez en manque ou assez motivée par une expérience extrême ou pas encore assez irrévérencieuse envers moi-même ou pas assez *salope* pour me retrouver dessous ou dessus un garçon encore plus jeune que mon fils et qui m'arrivait à la poitrine et devait peser la moitié de mon poids.

– Tu me plais tu sais. Beautiful. Very beautiful. Mucho. Mucho.
– Jimmy, tu crois franchement que je vais me laisser baiser pour économiser vingt euros !
– Tu veux combien ?
– Je ne veux rien.
– OK. Je t'en donne un gramme. Un regalo. Et toi et moi on fait l'amour, je te ferai bien l'amour, tu vas voir, tu seras contente, ici c'est pas possible mais je connais un endroit. On peut y aller maintenant. Tu me plais vraiment. Beautiful. Very beautiful. J'aime pas les gamines. Toi tu me plais, t'es une vraie femme.

Autour de nous les revendeurs continuaient d'aller et venir comme si nous n'avions pas d'existence propre et je suis sortie de l'appartement et Jimmy m'a suivie puisque sans moi sa présence à l'intérieur n'était plus justifiée et nous avons commencé à descendre l'escalier même si l'ascenseur était débloqué parce que je préférais éviter d'être enfermée avec lui dans un mètre carré de métal et il a continué dans l'escalier.

– Tu veux combien?
– Je veux rien!
– Tout le monde veut quelque chose!
– Je n'ai pas besoin d'argent.

Jimmy s'est mis à m'examiner avec méfiance. Il ne pouvait envisager l'existence de privilégiés n'ayant pas la nécessité de davantage d'argent qu'ils n'en possèdent.

– T'es riche?
– Non!
– Alors pourquoi tu veux pas d'argent?

Jimmy était infatigable. Indomptable. Face à lui même Jo aurait renoncé à attendre sa réponse à sa question comme une autre et aurait détalé.

– Pourquoi t'as pas besoin d'argent?

J'ai hésité à raconter à Jimmy que d'année en année mes nécessités matérielles se réduisaient et mes horaires de travail aussi et que cet équilibre me plaisait et j'ai ouvert la porte d'entrée de l'immeuble et il a continué de me suivre dans la rue avec la même obsession, me faire l'amour, m'assurant qu'il me le ferait bien parce que j'étais une vraie femme et non pas une petite *salope* – aucun doute la salope se décline à discrétion, elle est l'axe des relations homme-femme – et il est entré dans ce qui semblait être le détail salace de ce qui m'attendait et j'avais du mal à le comprendre mais l'éclat qui illuminait son œil et ses gestes ne laissait planer aucun doute sur la profondeur du salace et j'ai accéléré le pas. Lui aussi. Et soudain devant mon énième refus il a développé une autre formule :

– C'est toi qui devrais me payer pour baiser parce que t'es vieille et les vieilles payent les jeunes comme moi.

J'ai pensé à Jo et à son nouvel amour et j'ai accéléré mon pas mais Jimmy me suivait en me traitant maintenant de vieille pute et au niveau de la statue de Colomb il s'est arrêté net comme s'il n'avait pas le droit de franchir les limites de ce territoire-là. Le sien. Et quelques secondes plus tard mon mobile a vibré et je l'ai pris et constaté que ça continuait de vibrer dans mon sac et j'ai compris que j'étais en possession de deux téléphones identiques et en un éclair je me suis vue arriver chez Jimmy et poser mon grand sac sur la table et repartir en le reprenant avec le téléphone de Jimmy qui était posé à côté, persuadée que c'était le mien car habituellement les dealers ne se promènent pas avec des mobiles reliés à tout un tas de réseaux. Ils affectionnent les modèles vintage à clapets coulissants ou pas – décidément Jimmy ne faisait rien comme ses collègues.

Ça a recommencé à vibrer.

– T'es où ?

Le ton de sa voix était si déplaisant que j'ai eu envie de balancer son portable dans les égouts mais Barcelone est si petit pour ceux qui l'arpentent la nuit que je l'ai juste informé de ma situation géographique en précisant que j'étais désolée, j'avais confondu le sien et le mien puisque nous avions le même modèle et deux minutes plus tard – comme s'il avait été téléporté – il était devant moi et il a saisi son téléphone et l'a actionné pour vérifier que je n'avais pas usurpé sa carte et puis il s'est rapproché contre moi d'un mouvement si sec que j'ai reculé d'un pas.

– Un jour tu me supplieras pour que je te baise, salope !

Tu dis trop souvent oui t'es une salope.
Tu dis trop souvent non t'es une salope.

J'avais un doute sur sa prophétie et j'ai pensé à Jo et à l'universalité de la salope et à toutes ses déclinaisons et la faim m'a traversée et j'ai acheté à un Pakistanais moins agité que Jimmy un samossa légumes tiède, caoutchouteux et gras et le vendeur est revenu vers moi :

– Coke, MD ?

Je résonnais à ce point femme en perdition pour attirer les vendeurs de samossas qui faisaient de la retape pour les vendeurs de drogue et j'ai pensé à Jo qui avait décidé que je n'étais plus assez bien pour lui et c'était une pensée terrible et j'ai eu envie de lui téléphoner et de lui dire que je l'aimais et je suis entrée dans un bar pour boire un Coke afin d'étouffer les relents de curry qui déjà remontaient et j'ai pensé à Rocky et à son pendentif en or massif 18 carats m'avait-il souligné mais sans jamais accepter de me préciser ce que signifiait pour lui ce gland autour du cou et j'avais beau chercher une explication je n'en trouvais pas car Rocky n'était pas un type du genre obsédé. Il n'avait pas de petite amie et m'avait laissé comprendre qu'il utilisait parfois les services des prostitués latinos mais pas des Africaines qu'il estimait à embrouilles.

Ce pendentif serait peut-être ce qui me reviendrait en premier quand dans quelques années je penserais à lui et j'ai commandé une part de patatas bravas et j'ai pris un rhum pour finir mon Coke et j'ai commandé un chorizo réchauffé au micro-ondes et du pan con tomate et je me suis félicitée pour l'équilibre nutritionnel de ma collation et le patron qui était chinois comme tous les nouveaux propriétaires des bars du quartier regardait un programme sur les ours polaires. Juste les images. Le son était coupé. Et les ours m'ont ramenée au livre sur les manchots empereurs que mon fils m'avait offert à la dernière fête des Mères et quand j'avais abordé le chapitre reproduction je m'étais demandé si mon fils l'avait lu et si c'était la raison de son cadeau.

Le manchot empereur est fidèle mais jamais à vie. Chaque saison un nouveau partenaire avec lequel il se reproduit.

De la fidélité infidèle.
De la monogamie sérielle.
La vie rêvée !

Par la suite mon fils m'avait demandé si le livre m'avait plu et j'avais acquiescé et rapidement changé de sujet et je l'avais vu sourire et à cet instant-là j'avais compris que tout ce que je lui cachais – j'ai toujours été convaincue que la sexualité des parents doit rester inconnue des enfants et réciproquement et j'ai toujours trouvé violents les mères et pères imposant à leur progéniture leurs changements d'amants successifs comme s'ils avaient besoin d'une audience à portée de cloison – lui avait été génétiquement révélé.

J'ai salué le patron de bar et les images de Jo auprès de son nouveau grand amour et de mon corps dont il ne voulait plus ont surgi et j'ai rappelé Rocky. Besoin d'un peu de MD pour me détendre. Apaiser le corps et l'esprit. Et accepter au lendemain un réveil encore plus violent et déprimé que si je n'avais rien ingéré. Mais Rocky était toujours hors ligne et je ne pouvais même plus partir à sa recherche parce qu'il arpentait le même territoire que Jimmy et ne pas savoir s'il avait été tabassé, tué, expulsé ou placé en détention me taraudait même si je savais que mon inquiétude serait éphémère parce que les dealers ne possèdent pas d'existence à proprement parler pour leurs clients et à partir du moment où ils ne peuvent plus fournir de produits ils sont effacés des répertoires et les clients vont traiter ailleurs en recherchant les mêmes liens avec le nouveau qu'avec le précédent et j'ai repensé aux manchots empereurs et j'ai invoqué les forces animistes pour être réincarnée en manchot et je n'ai plus su vers où me diriger pour la fin de nuit et j'ai repensé à mon fils et songé que je ne relevais pas du clan des adultes qui regrettent leur enfance parce qu'être enfant c'est être otage et que je n'avais pas voulu aggraver le cas de mon fils mais que je l'avais quand même aggravé et que nous parlions de beaucoup de choses ensemble mais jamais de ses amours.

Je savais juste qu'il y avait des filles autour de lui.

La vie d'étudiants.

J'avais envie d'en savoir plus mais je n'osais pas lui poser la question par peur qu'il me lance un je préfère rester célibataire que transformer ma vie en mensonge comme toi et j'ai décidé d'aller danser sans me droguer parce que l'important était de ne pas me retrouver seule dans mon lit avec l'odeur de Jo et il fallait que je change les draps et que j'en achète des nouveaux où son ventre qui avait toujours la température idéale hiver comme été n'ait jamais ressenti de plaisir et je marchais sans crainte parce que de jour comme de nuit Barcelone est plus sûre pour une femme que pour un vélo cadenassé à une grille ou pas et j'ai cessé d'avoir le mien après en avoir racheté trois d'occasion en deux ans avec la sensation d'entretenir le marché des voleurs et j'ai encore croisé des dizaines de vendeurs du continent indien patrouillant sans relâche et j'ai croisé Franck parce que tout le monde croise toujours Franck et il m'a proposé de le suivre dans une fiesta reggae à quelques calles parce qu'il adore sortir avec moi parce que je suis née dans les mêmes années soixante que lui et que ça le rassure de retrouver dans la nuit un individu de son âge – ça devient si rare. Au-dessus de quarante ans les sorties semblent réduites au dîner dans les restaurants lounge concept avec éclairage bougies qui atténuent les rides de chacun mais requièrent lunettes pour déchiffrer le menu s'il n'est pas rédigé grand format sur ardoise. Il y a aussi les dîners chez les uns et les autres avec les amis regroupés autour d'une table travaillée façon vieux bois et métal discutant film, exposition, immobilier, politique européenne et indépendance mais Franck préfère traîner dans la nuit et je préfère traîner dans la nuit.

– Qué tal, Mathilde !
– Bien et toi !

Il n'y avait aucune obligation d'évoquer Jo. Surtout avec lui.

Franck se contrefiche de ce type de confidences. Il aurait même tendance à les fuir, en tout cas ne pas savoir quoi en penser et tout en ralliant la soirée il s'est lamenté sur le Barcelone d'aujourd'hui.

– L'alternatif ici c'est fini. Barcelone est devenue aussi déprimante que Paris années quatre-vingt-dix. Si ça continue faudra aller à l'Est.

Je suis une immigrée qui ne se voit pas émigrer ailleurs et surtout pas à Budapest ou à Berlin et qui vit dans une ville emplie de migrants et je ne sais pas quel serait mon sentiment précis sur ce cosmopolitisme débridé si j'étais catalane, peut-être que comme Jo il m'arriverait de me sentir perdue dans ma ville et à pied nous avons emprunté un passage sombre avec échos de reggae et effluves de ganja et une indication, trois euros l'entrée avec une bière ou un soda, et Franck a tendu un billet de cinquante euros au rasta de la caisse qui au lieu de rendre la monnaie s'est mis à examiner le billet avec attention en allumant sa lampe frontale tant le passage était obscur et au bout d'un certain temps il a secoué la tête.

— Désolé, man, je peux pas prendre ton billet.
— Pourquoi tu peux pas le prendre ?
— Parce que si je le prends faut que je te rende quarante-deux euros.
— Quarante-quatre.
— OK man, quarante-quatre. C'est pire. Parce que si jamais ton billet est faux je sors de ma caisse quarante-quatre euros vrais. Tu comprends ?

Il continuait de tendre le billet à Franck qui refusait de le prendre et j'ai voulu payer mais Franck m'a arrêtée.

– Je t'ai dit que je te payais un verre !

J'ai commencé à espérer que ça ne finisse pas en pugilat parce que Franck a un passé de rockeur punk.

– Non mec, je comprends pas parce que le billet il sort du distributeur et le distributeur m'a donné un billet de cinquante et pas cinq de dix, tu comprends !

Le rasta tendait toujours le billet à Franck qui refusait toujours de le prendre et j'avais la sensation que tout ce que je tentais d'entreprendre depuis que Jo m'avait posé sa question habituelle sur un ton anodin pivotait côté inadapté.

– Non, man, désolé, je peux pas te rendre quarante-quatre euros en vrai.
– Mec, mon billet aussi est vrai.
– Non man, pas question je peux pas faire ça à la caisse.
– Franck, je vais payer et si tu tiens tant que ça à m'offrir un verre, tu me les rendras demain.
– Ne t'occupe pas de ça. C'est entre lui et moi parce que mon billet est un vrai et il sort du distributeur.
– OK, man, t'as le reçu du distributeur ?
– Non mec, je ne demande pas les reçus, je fais attention à la planète, moi.

– Je comprends, man, je comprends que t'es un mec cool mais je peux rien faire pour toi, man, sorry!

Le rasta était francophone, ivoirien sans doute, mais lui et Franck persistaient à communiquer en castillan. C'était ridicule. Le ton a monté. Un petit groupe amusé par la situation s'est formé. Certains étaient déjà hilares – faut dire que tous avaient sacrément tiré sur le porro – et j'ai pensé à m'éclipser en douce quand un trio de métis du genre rasta chic avec veste costume sur les épaules et Air Max aux pieds – pas du tout les rastas version pantalon africain et maillot de football – s'est rapproché et l'un d'entre eux avait des airs de prédicateur et semblait connaître le rasta de l'entrée.

– Man, que haces, is not fair!

Lui aussi était francophone, antillais probablement, mais il parsemait son espagnol d'anglais – c'était peut-être la nouvelle tendance rasta, la nouvelle forme de rébellion : prohiber le français entre eux.

– Refuser l'argent que te tend un homme c'est lui porter outrage. Blanc ou Noir c'est du racisme!

Le rasta de l'entrée affirmait qu'il n'était pas raciste et que le Blanc pouvait aller faire de la monnaie chez l'épicier indien.

– Ah oui, man, parce que si toi t'as un doute l'Indien lui n'a pas le droit d'en avoir ! Toi tu veux pas du billet et l'Indien dans son épicerie il devrait le vouloir. T'es raciste, man, raciste. La monnaie tu l'as dans ta caisse et si tu veux pas, TOI, lui faire la monnaie, parce que t'as peur des faux billets, eh bien tu dois laisser rentrer ces deux Blancs gratuit.

Plus le prédicateur parlait et plus le nombre d'individus se ralliant à la cause de Franck grossissait et le rasta a compris que se soumettre à la protestation ambiante était le plus sage.

– Entrez, vous êtes mes invités.

Sous les applaudissements j'ai remercié le rasta de l'entrée. Pas Franck. Alors je l'ai remercié pour deux puis j'ai remercié le prédicateur qui m'a gratifiée d'un enjoy sister et c'est alors que sous l'éclairage violent et concentré de l'unique spot du couloir de l'entrée j'ai remarqué dans le trio la présence d'un être sublime, fusion éblouissante entre l'Afrique noire et le continent indien et plus je le détaillais plus je me demandais si j'avais déjà dans ma longue vie aperçu un mâle aussi astral et puis il a disparu de mon champ de vision et là j'ai compris pourquoi j'avais arrêté les fiestas reggae à partir de trente ans : l'atmosphère était irrespirable et le son totalement pourri et mes yeux me piquaient et je pensais à mon mascara et me félicitais d'avoir opté pour le waterproof et j'ai eu envie d'un verre mais il y avait un barman pour cent personnes et déjà plus de glace pour les sodas et le prédicateur s'est approché et m'a draguée mollement comme un type qui aurait préféré trouver mieux que la fille qu'il est en train de draguer et j'ai acquiescé tout aussi mollement à ses questions en m'abstenant de le relancer et il a fini par s'éloigner et Franck a décrété qu'il repartait et j'ai décidé de rester encore un peu parce que ça avait été sacrément compliqué d'entrer et aussi parce que la répartition dans la salle devait être de vingt mâles pour deux femelles – ce qui me laissait un certain nombre de perspectives si je décidais de ne pas me coucher seule – et aussi parce que je voulais revoir le Sublime et je suis passée dans le patio pour humer un peu d'air mais la densité au mètre carré frôlait les dix personnes et ça fumait tant que je n'avais même plus la sensation d'être au-dehors et mes yeux n'en finissaient pas de me piquer et la gorge aussi et puis le Sublime a réapparu et sa beauté m'a réjouie comme peuvent me réjouir certaines œuvres d'art et j'ai même écarquillé mes yeux qui me piquaient pour voir encore davantage et après quelques petites minutes je l'ai vu s'avancer et s'immobiliser devant moi :

– Salut ! On se connaît ?

Pour quelles raisons le Sublime me demandait-il cela ? On se connaissait de l'agence ? Impossible, ce n'était pas un être qu'on oublie. Beaucoup d'individus se ressemblent mais pas lui.

– Le billet de cinquante euros à l'entrée.
– OK, mais avant ?

J'ai alors compris que je l'avais dévisagé avec un tel sourire béat qu'il avait dû imaginer que je le connaissais.

– On ne se connaît pas d'avant mais je te trouve incroyablement beau.

Il a marqué une légère surprise – on ne confie pas avec assez de spontanéité ce genre de choses quand on les éprouve aussi intensément – avant de me décrocher un sourire immense et j'ai pensé même un homme se sachant sublime n'est pas insensible au fait de l'entendre annoncer par une femme qui ne l'aurait sans doute jamais intéressé si elle ne l'avait auparavant flatté, complimenté, glorifié et nous avons commencé à échanger l'insignifiant nécessaire à tout embryon de rencontre de deux personnes qui n'ont a priori rien de spécial à se dire. Il s'appelait Valentin et il était martiniquais et il vivait à Barcelone depuis huit mois mais ne voulait pas y rester parce que l'énergie n'y était pas saine.

– Tu comprends, sister ?

Je ne comprenais pas mais tant que je pouvais
– et même avec les yeux qui me piquaient – continuer à observer sa bouche charnue, son nez busqué
et sa peau couleur biscuit doré et ses pommettes
saillantes et ses yeux bridés, j'étais prête à adhérer
à des tas de choses que je ne comprenais pas, prête
à acquiescer comme les petits chiens en feutrine
marron placés sur la tablette arrière des voitures de
mon enfance et qui n'en finissaient pas de dodeliner
de la tête à chaque anfractuosité.

Cet homme était affreusement parfait. De près
comme de loin quasi céleste.

J'étais Maître Renard.
Il était le Corbeau.

Il pouvait lâcher ce qu'il voulait j'étais prête à
attraper et j'emmerdais Jo qui en avait préféré
une autre à moi sans doute plus jeune et j'ai estimé
que Valentin était le signe que mon présent se
réorientait dans le bon sens et mes yeux me
piquaient de plus en plus et Valentin est passé au
thème des vendeurs sénégalais de sacs de contrefaçon qui donnaient une mauvaise image des Noirs

à Barcelone et j'ai tenté de lui rappeler le quotidien des manteros avec les sacs à main et lunettes sur le trottoir étalés sur carré de toile avec ficelles. La peur au ventre. Les escadrons de policiers qui déboulent. Les interpellations. Parfois les coups. La marchandise perdue. Mais Valentin n'en démordait pas et évoquait aussi les Maliens qu'il plaçait encore en dessous des Sénégalais et je m'ennuyais ferme mais je ne pouvais décemment pas m'éloigner d'un mâle aussi éblouissant et de toute façon, avec la musique – du reggae dub comme j'aime et comme Jo n'aime pas – j'entendais un mot sur deux et j'ai repensé à la police barcelonaise qui traque les vendeurs de lunettes mais oublie les dealers. Ça doit avoir un sens. Des accords avec les grandes marques : il n'y a pas de marques de luxe qui font dans le négoce de drogue !

Valentin décrivait maintenant son emploi de cuisinier dans un fast-food turc du Raval.

– J'aurais préféré travailler chez les Chinois, parce que tu vois la cuisine chinoise c'est plus varié que le kebab, mais tu vois, les Chinois y sont racistes, ils aiment pas les rastas, ils pensent qu'on vole et qu'on ne peut pas travailler avec ce qu'on fume, ils pensent qu'on est juste bons à fumer, tu comprends, sister !

De nouveau j'ai dodeliné de la tête façon petit chien en feutrine marron placé sur la tablette arrière des voitures de mon enfance et mes yeux me piquaient toujours et j'avais envie de me les frotter mais avec mon maquillage je ne pouvais pas et j'ai dû avoir vraiment l'air de souffrir car il m'a dit :

– T'as mal aux yeux ?
– Un peu, c'est la fumée.
– Viens on sort !

Nous nous sommes retrouvés dehors et il a roulé un porro bien trop grand pour la calle et il l'a allumé avant de me le tendre et j'ai secoué la tête et il s'est étonné de mon refus et s'est lancé dans un grand discours anti-drogue excepté ganja et j'ai pensé à Rocky qui ne m'avait toujours pas rappelée et aussi à Jimmy et à ses jambes si minuscules et squelettiques et Valentin tirait sur son porro et discutait maintenant alcool.

– L'alcool ce n'est pas Jah, tu comprends sister ?

Je venais tout juste d'acheter une bière à un Paki qui s'était aventuré dans le passage et avant de boire je l'avais bien essuyée parce que pour conserver les bières au frais ils les stockent dans les égouts et Valentin a répété que l'alcool ce n'était pas Jah et maintenant que mes yeux allaient beaucoup mieux et que j'en avais assez de dodeliner de la tête façon petit chien à chaque absurdité qui jaillissait de sa bouche splendide ni trop charnue ni pas assez, juste parfaite, j'ai décidé qu'il avait au moins un petit défaut et je me suis mise à le traquer et j'ai fini par noter que sous son béret en laine crocheté aux trois couleurs d'Éthiopie son crâne était rasé. Sans doute devenait-il trop chauve pour faire autrement et au fil de la conversation, sans que j'aborde le sujet, il m'a expliqué son absence de dreads.

– En France, dans le RER, les flics me contrôlaient tout le temps à cause de mes dreads et comme je fume tout le temps ça devenait chaud alors je me suis dit soit tu arrêtes l'herbe soit tu coupes tes dreads, j'ai essayé d'arrêter l'herbe mais j'ai pas réussi alors je me suis rasé et j'ai continué à Barcelone parce que je veux pas rester ici, c'est pas la bonne énergie, tu comprends !

Il était le Corbeau et j'étais le Renard et je n'en finissais pas de dodeliner de la tête façon petit chien en feutrine marron et comme pour me prouver qu'il avait eu des dreads il m'a montré quelques photographies de lui et il y en avait une où il était sur son île torse nu au soleil couchant et je me suis dit que ce torse-là valait bien quelques dodelinements en plus et j'ai pensé au torse de Jo que j'avais tant aimé et que je n'avais plus le droit d'aimer et j'ai pensé à la nuit dernière. À cette heure-là Jo m'avait déjà annoncé qu'il avait rencontré quelqu'un et j'ai eu envie de pleurer et Valentin a enlevé sa veste et grâce à son polo manches courtes j'ai pu vérifier que ses bras étaient bien conformes aux photographies, juste parfaits. Ni trop musclés, ni pas assez. Et sa bouche splendide ni trop charnue ni trop fine, juste parfaite, était maintenant repartie sur le racisme des commerçants chinois avec les Noirs et j'ai commencé à penser à mon lit qui se trouvait à moins de quinze minutes à pied et à me dire que même sans Jo à l'intérieur c'était sans doute la meilleure solution qui s'offrait à moi et alors que j'allais prendre congé j'ai entendu la bouche splendide articuler :

— Ça va mieux tes yeux. Ça te dirait sister de venir boire une infusion au gingembre et écouter un peu de zik chez moi !

J'ai trouvé sa bouche encore plus splendide et je me suis dit Mathilde, t'as vraiment une chatte de cocue et j'ai pensé, Londres, Berlin, Barcelone, Goa sont un grand marché du sexe à ciel ouvert, il n'y a qu'à tendre la main et se servir. C'est gratuit ou pas. Dépend du physique et du temps disponible et cette nuit est un très beau marché et même si je couche le premier soir mais jamais une seule fois et que j'ai un gros doute sur la possibilité de remettre ça entre lui et moi, je suis archi-consentante pour reléguer mes principes dans les oubliettes les plus obscures. Pas de doute ! Après avoir été virée d'une relation à laquelle je n'aurais jamais mis fin de mon plein gré et avoir été malmenée par un dealer aux jambes minuscules et squelettiques mon présent se réorientait en ma faveur et Valentin en était la céleste incarnation et il est reparti quelques minutes dans la fiesta pour saluer ses deux collègues et j'en ai profité pour questionner le rasta de l'entrée sur Valentin et en imitant la voix du bon Nègre version Banania tout juste sorti de la brousse il m'a confirmé que je pouvais aller faire ma coquine avec Valentin sans crainte, qu'il n'allait pas découper la femme blanche en morceaux et il a éclaté d'un rire très gras et j'ai trouvé que *coquine* était le terme approprié et que c'était vraiment dommage qu'on ne l'emploie pas plus souvent et j'ai décrété que le rasta de l'entrée était certes un brin paranoïaque mais qu'il avait une sympathique approche de la sexualité des femmes et Valentin est revenu et je l'ai suivi aussi émoustillée que lorsque le plus beau garçon du collège daignait me jeter un regard d'un quart de seconde parce que je portais un nouveau blouson qu'un de mes oncles avait dégoté à bas prix et nous nous sommes engouffrés dans le bus de nuit.

J'avais suivi Jimmy pour voir.
Je suivais Valentin pour voir.

Jimmy était bancal.
Valentin était bancal.

Je l'étais moi-même ce soir-là et quand j'ai vu que le bus prenait la direction des extérieurs je me suis dit que j'aurais dû m'enquérir de notre destination mais bon, même s'il m'avait annoncé Reus j'y serais allée car l'occasion de se coller à un tel mâle était sans doute unique et j'ai presque eu envie de le photographier. Le montrer à mes copines.

Valentin avait attaqué son sujet de prédilection, le reggae, la Jamaïque et Jah et comme j'ai eu ma période reggae – elle a même duré un certain nombre d'années – je possédais de quoi entretenir la discussion et j'ai repensé à Kingstown et à sa violence. Downtown il y avait ceux qui vivaient sous les bouts de tôle et de carcasses de voitures et uptown les dealers et les vendeurs d'armes qui vivaient façon *Autant en emporte le vent* avant la guerre de Sécession et qui roulaient dans des Ferrari flambant neuves avec à leurs côtés des femmes souvent très blondes – même quand elles étaient métisses de peau – et qui bien que très jeunes n'avaient déjà plus d'âge et le soir j'allais danser à l'Asylum, le club situé midtown, et dans les toilettes des femmes une Security Guard portant un canon court sur la hanche et juchée sur un haut tabouret observait les entrées et sorties.

La brutalité potentielle du lieu émanait de partout.

Mais ce n'est pas l'Asylum que j'ai évoqué à Valentin qui me pressait de questions concernant Kingstown. J'ai préféré lui raconter ma visite de la maison de Bob Marley.

– Wouah sister, ça devait être cool, trop cool !
– Oui, cool, très émouvant.

Menteuse ! Située à l'entrée de la petite bâtisse coloniale, la statue bariolée de Bob témoignant de sa passion pour le ballon rond m'était apparue ridicule et hideuse, encore plus que les fresques peintes sur le mur d'enceinte intérieur de la propriété et racontant la vie de l'artiste façon prophète biblique.
Le guide avait commencé la visite en vantant les qualités paternelles de Bob et je m'étais demandé si dans ce *bon* il englobait l'imposante progéniture extraconjugale qu'il avait eue.

– Trop cool, vraiment trop cool, sister.
– Yeah, so cool !

Valentin est reparti sur Jah et j'avais du mal à me concentrer sur ses paroles et j'ai fini par totalement décrocher, me contentant d'alimenter la discussion par une multitude de so cool. Je donnais à Valentin l'illusion que tout ce qu'il disait était très intéressant et que sa culture était fascinante alors que de toutes les traditions religieuses que j'ai approchées le rastafarisme est sans conteste la plus fumeuse – sans jeu de mots – de toutes et nous sommes descendus du bus et nous avons marché une bonne quinzaine de minutes avant de rallier l'arrêt d'un nouveau bus et j'ai pensé prendre un taxi mais je ne voulais pas faire celle qui a les moyens parce qu'à l'évidence Valentin résidait dans la banlieue qu'on évite soigneusement quand on possède ces moyens et nous avons donc attendu le second bus de nuit.

– C'est quoi ton job?
– Infirmière.

La nuit venue je suis souvent infirmière ou institutrice, des professions rapidement identifiables et génératrices de sympathie – surtout pas agent immobilier qui raisonne capitalisme sauvage et entraîne au mieux chez mes interlocuteurs de petits ricanements.

– Ça gagne bien?
– Ça va.
– T'as des enfants?
– Un fils de vingt-deux ans.

– Il travaille ?
– Il étudie à Paris !
– Quoi ?
– La biologie.
– C'est bien, ça.
– Oui, c'est bien. Ça lui plaît.

En revanche j'étais certaine que découvrir sa petite maman chérie sous un arrêt de bus de nuit à la périphérie de Barcelone en compagnie d'un inconnu un brin raciste et en direction d'une lointaine banlieue n'aurait pas plu à mon fils – et pourtant mon fils est un jeune adulte avec tout plein d'idées humanistes et qui adore les rastas et le reggae et tous les courants altermondialistes à disposition.

Nous sommes montés dans le second bus et j'étais la seule Blanche et Valentin le seul Noir parmi une dizaine de jeunes mâles latinos qui nous observaient sans retenue alors que nous, nous évitions de croiser leurs regards car nous sentions bien que la situation pouvait dégénérer en quelques secondes tant leur tension était palpable et tant il était manifeste qu'ils n'étaient pas habitués à voir un couple comme nous et surtout une femelle comme moi dans *leur* bus.

Mais ça n'avait pas dégénéré.

Ils nous mataient tout en discutant entre eux pendant que Valentin m'évoquait ses difficultés du quotidien. Il aurait souhaité donner davantage pour ses quatre enfants restés en France mais avec un salaire mensuel de 750 euros et un loyer de 280 euros c'était difficile et je me suis demandé quel âge il pouvait avoir et j'ai opté pour quarante-cinq même s'il en paraissait dix de moins et je me suis mise à fixer ses pieds chaussés d'Air Max et je me suis interrogée sur comment il les avait achetées – c'était peut-être de la contrefaçon proposée par les manteros qu'il méprisait tant – et comme il reparlait d'argent je me suis même demandé s'il ne s'attendait pas à recevoir de l'argent pour sa prestation à venir et que c'était peut-être normal – il était tellement beau et tellement pauvre ! Mais au final il ne m'a rien demandé. Il a juste continué à raconter les difficultés du quotidien comme souvent les pauvres le font et étrangement ça m'a ramenée aux hommes d'affaires qui entrent dans mon bureau pour investir dans la pierre barcelonaise – eux aussi parlent argent en continu et s'insurgent contre la multitude de taxes visant à les affamer et j'en ai conclu que l'unique point commun entre les très pauvres et les très riches est leur obsession à parler pognon !

La bande de jeunes latinos est descendue et je me suis sentie beaucoup mieux. Juste Valentin, le conducteur et moi. Quasi une famille recomposée.

– Pourquoi t'es venue vivre à Barcelone ?

– J'avais envie de mer et de soleil.

Menteuse ! Avant ta rencontre avec Jo tu étais comme tous les Européens, tu venais à Barcelone pour faire la fête. Tu es venue habiter ici pour Jo et tu ne vas pas repartir à cause de Jo parce que cette ville est devenue la tienne et que tu en as même appris la langue et vu la difficulté que tu as avec les langues ça a été un véritable défi et nous sommes enfin descendus du bus et le conducteur nous a souhaité une bonne nuit et nous avons marché une quinzaine de minutes sur une large avenue où se succédaient des immeubles d'habitation en brique rouge et des commerces grillagés avant de bifurquer dans une petite rue.

La studette de Valentin sentait le rez-de-chaussée qu'on n'aère jamais par peur des cambriolages. Le lit occupait les trois quarts de l'espace et comme il n'y avait pas d'autres sièges je m'y suis assise et Valentin a mis de l'eau à chauffer et a râpé du gingembre et le coin cuisine, comme le reste, était pourvu d'étoiles de David et de photos de Bob Marley à différentes époques de sa vie dont la célèbre où il frappe dans un ballon de foot en survêtement Adidas et un large poster plastifié de Haïlé Sélassié séparait le coin cuisine du coin sanitaire et Valentin a allumé un joint et a lancé la musique.

– Notre Père à tous !

C'était du Bob Marley première époque. Pas franchement la meilleure. Et de toute façon niveau reggae j'ai toujours préféré Gregory Isaacs et Barrington Levy et dans la famille Marley, Damian, et je me suis bien gardée de le lui mentionner parce qu'avec un rasta ce type de favoritisme peut vite dégénérer et je ne voulais surtout pas entamer une autre interminable discussion et risquer de l'agacer. Je voulais juste le sentir contre moi et le gingembre infusait et il a ôté son béret et son crâne aussi était magnifique et il s'est déchaussé et m'a donné à voir des pieds et orteils tout aussi superbes et en plus ils ne puaient pas alors que pourtant dans les Air Max ça peut salement empester et je me suis dit il y a une poignée de gens *zéro défaut* à travers le monde et je suis enfermée dans quinze mètres carrés avec un de ces précieux spécimens et il a ajouté du miel dans les tasses et il est venu s'asseoir à mes côtés et j'ai retiré mes bottines et je me suis allongée sur le lit et il a allumé un autre joint – il en avait quelques-uns de préparés dans une boîte en bois gravée d'une étoile de David – et il me l'a tendu et j'ai continué de décliner la proposition.

Trop peur de m'endormir illico.

Il était un peu plus de cinq heures du matin et

même sans porro je devais forcer pour conserver les yeux ouverts.

– Les feuilles de l'arbre de vie servent à la guérison des nations, c'est écrit dans l'Apocalypse, sister, c'est écrit.

De nouveau j'ai dodeliné de la tête façon petit chien en feutrine marron placé sur la tablette arrière des voitures de mon enfance parce que très clairement chercher un sens à son verset biblique était au-dessus de mes possibilités intellectuelles du moment et il s'est enfin allongé en attendant que l'infusion refroidisse et j'ai passé ma main sous son tee-shirt et j'ai découvert que sa peau était moins douce que prévu et c'était une bonne nouvelle, enfin un petit défaut histoire de se sentir un peu séduisante face à lui et comme son jean était assez large pour laisser passage à ma main je l'ai engagée et il me l'a aussitôt saisie pour la ramener à l'air libre et l'a posée sur mon cœur à moi.

– Tu ne peux pas penser qu'au plaisir, tu dois penser à ton âme, aussi.

J'ai cherché un truc à rétorquer mais rien n'est venu. Le radioréveil indiquait 5 h 48. J'ai fermé les yeux et abandonné l'infusion au gingembre et six heures plus tard je me suis réveillée dans l'exacte même position ce qui confirmait qu'il ne s'était rien passé entre nous pendant mon sommeil et Valentin s'affairait déjà devant la gazinière.

Torse nu.
Béret sur le crâne.
Bas de jogging calé sur les hanches.

Cet homme ne se rendait pas compte de l'effet qu'il produisait. Ou alors si : il suscitait pour recaler et j'ai pensé au *salope* qui m'aurait peut-être traversé l'esprit si j'avais été un homme en face d'une femme. Mais je ne l'étais pas et *salope* n'avait toujours pas été officialisé épicène.

– Bien dormi, sister ?
– Ça va…
– T'as faim ?
– Oui.

Valentin devait me trouver *attachante* et préparait un petit déjeuner œufs et bananes plantains avec jus d'orange pressée et ça sentait sacrément bon.

Ce n'était pas un fanatique du sexe – du moins avec moi – mais il relevait du genre convivial et aurait mérité un espace cuisine plus spacieux et la réalité de Jo qui ne voulait plus de moi et qui en désirait une autre est revenue me brutaliser.

J'ai souvent eu des amants bons cuisiniers, motards et gros fumeurs. Valentin avait peut-être une moto cachée mais surtout il n'était toujours pas mon amant et histoire de cesser de le détailler j'ai décortiqué sa studette en plein jour – même si le terme *plein* était un peu exagéré pour ces quinze mètres carrés en rez-de-chaussée si sombres qu'on les aurait crus pour moitié enterrés et j'ai repensé au loyer : 280 euros mensuels ! La valeur réelle était à diviser par deux. Mais Valentin relevait de la catégorie locataire trop pauvre pour obtenir son ticket d'accès au marché officiel. Il devait trouver des voies parallèles où le tarif en vigueur ne s'appliquait pas. Chaque mois les locataires comme Valentin réglaient via leur loyer une taxe supplémentaire inhérente à leur statut de pauvres et j'ai imaginé mon argumentaire devant un acheteur propriétaire bailleur potentiel : c'est un espace pourri dans un endroit pourri et c'est pour cette raison que ça se vend une misère et que le rendement locatif est exceptionnel, oui, parfaitement, vous pourrez chaque mois abuser un vrai pauvre qui n'exigera pas de bail et vous réglera le double de sa valeur locative en espèces selon votre volonté et il vous bénira de l'avoir accepté comme résident de votre espace pourri, oui, je vous l'assure, un rapport locatif d'exception, on ne l'atteint pas dans les beaux quartiers et j'ai observé le poster de Haïlé Sélassié et Valentin devant ses plantains a croisé mon regard.

– Ras Tafari Makonnen, Roi des Rois, empereur d'Éthiopie, lion conquérant de la tribu de Juda! Dieu est noir, sister. Noir!

– Ça sent super bon ce que tu prépares.
– Le lion de la tribu de Juda, le rejeton David a vaincu pour ouvrir le livre et ses sept sceaux.

Si seulement le Sublime avait pu se taire et se contenter de cuisiner.

– La Bible, sister, les textes sacrés, l'Ancien Testament! Nous sommes les juifs esclaves des pharaons en marche vers la Terre promise, c'est pour ça que l'étoile de David est notre étoile, c'est écrit, sister, c'est écrit.

Une forte envie de détaler m'a parcourue mais les effluves de bananes plantains me retenaient et je suis allée faire pipi dans le carré douche-toilettes. C'était propre. Des tas de crèmes et d'onguents. Valentin prenait soin du lui. Il avait la peau sèche. Ça devait le tirer de partout. Je me suis passé un peu d'eau sur le visage et j'ai posé du dentifrice sur mon doigt et même sans brosse j'ai frotté mes dents avec ferveur parce que j'adore ça et j'ai pensé à ma dentiste qui me dit toujours que c'est un plaisir de travailler dans une bouche comme la mienne et je suis revenue dans la pièce.

– Tu bosses pas aujourd'hui?
– Si, à seize heures.
– Tu bosses où?
– Une clinique du centre.

Il s'est retourné côté gazinière pour terminer la cuisson et j'ai invoqué Jah pour qu'une projection d'huile mal placée ne l'oblige pas à se masquer le torse et il a installé un djembé devant le lit et deux petites assiettes dessus et j'ai illico attaqué et il avait ajouté quantité d'épices et c'était délicieux.

Aucun doute cet homme savait recevoir.

Il allait peut-être acheter une moto avec l'argent du loyer que je lui ferais économiser en lui proposant une studette au tarif en vigueur et me faire l'amour une prochaine fois.

– C'est super bon!
– Remercie Jah, c'est lui qui me donne l'inspiration.
– C'est vraiment bien épicé, j'adore!
– Il faut regarder vers l'Afrique où un roi noir sera couronné empereur et mènera le peuple noir vers la délivrance, c'est écrit…

– Dans le jus d'orange t'as ajouté un peu de cannelle…

– … et il est arrivé, sister, il est arrivé, le descendant du roi Salomon et de la reine de Saba est remonté des Ténèbres, notre Prince, Jah, le plus grand de tous les Rois.

Il délirait déjà à fond et il n'avait pas encore fumé et j'ai terminé mon assiette et il a terminé la sienne et je me suis levée pour les déposer dans l'évier et je suis revenue m'asseoir à côté de lui et il a pris un porro dans sa boîte et pour la première fois il l'a allumé sans m'en proposer, il avait donc au moins réussi à intégrer que je ne fumais pas.

– Mathilde, quel est ton dieu?

C'était sans fin. Comme Jimmy. En boucle.

– Tu as bien un dieu qui t'éclaire?
– Dieu n'est pas une préoccupation pour moi.

Valentin a posé sa main sur ma main posée négligemment sur mon genou parce qu'il fallait bien que je la pose quelque part et que je préférais éviter son corps à lui avec ma main à moi et il s'est mis à pétrir ma main et j'ai cru que c'était bon signe.

– Sister, si Dieu n'est pas une préoccupation pour

toi c'est parce que tu manges du porc, le corps de tes frères animaux, et ça empêche ton esprit de penser, ça le salit.

Je n'avais plus envie de dodeliner façon petit chien en feutrine marron et cette fois c'est moi qui ai enlevé sa main avec laquelle il malaxait la mienne et j'ai enfilé mes bottines en me disant que pourtant, Valentin, ça résonnait prénom à engloutir du porc et j'ai ouvert la porte et je l'ai entendu déclamer que tous les Noirs viennent d'Éthiopie, Aethiops, terre des visages foncés et je lui ai adressé un petit salut de la main et une fois dehors j'ai aspiré un grand bol d'air pollué de ce Barcelone qui me convient tant et le soleil brillait et je sentais le rez-de-chaussée moite et je me suis dit moi qui craignais ne pas avoir assez d'envie pour une seconde fois il n'y a même pas eu de première comme quoi la transgression des principes n'est pas si aisée que ça et la réalité de Jo qui ne voulait plus de moi et qui en désirait une autre est revenue me brutaliser et aussi son torse que je n'avais plus le droit de respirer et mon estomac s'est contracté et j'ai eu envie de pleurer et j'ai cherché un taxi mais aucun ne dévalait des rues et de jour l'endroit vibrait encore plus menaçant que de nuit et la température était brutalement montée depuis la veille et il faisait très chaud et j'ai continué d'errer sur l'artère principale et je me suis souvenue l'avoir traversée une dizaine

d'années auparavant parce que mon voisin boulanger avait une tante qui y vendait sa maison et
comme je venais d'ouvrir mon agence j'étais en
recherche active de biens et au bout de cette artère
j'avais suivi une route sillonnant une zone pavil-
lonnaire cernée de barres d'immeubles et qui se
poursuivait en un chemin bordé de jardinets et ca-
banes plus ou moins en friche et j'étais entrée dans
le jardin non aménagé d'une minuscule baraque
en rez-de-chaussée agrandie par un morceau de
mobil-home et de planches en tôle et la tante du
boulanger m'avait accueillie avec tous ses kilos en
trop qui pesaient sur ses os et détruisaient tout et elle
m'avait présenté son mari qui à son opposé était
décharné et ne bougeait plus trop de son fauteuil et
qu'elle traitait comme un vieillard alors qu'il devait
avoir dans les soixante ans et c'était sans doute
normal car il ne semblait plus très en forme et puis
les quatre fils étaient arrivés avec l'air persuadé de
ceux qui vont repartir direct avec un chèque et ils
parlaient fort et deux d'entre eux étaient accom-
pagnés par leurs femmes recouvertes de fards et
parfums à bas prix et qui m'observaient avec un
mélange de malveillance et de gêne et l'une d'elles
exhalait la pauvre fille que des viols et incestes successifs avaient dévastée à intervalles réguliers et un
des frères dont le regard était exsangue d'intelligence
me matait sans retenue et j'imaginais qu'une fois
la mère sortie pour les commissions il m'aurait

plaquée sur la table et aurait laissé son père regarder histoire de lui offrir un dernier spectacle in situ – c'est vrai que le père ne devait plus avoir beaucoup d'occasions de se réjouir – mais la tante ne s'était pas absentée et j'étais repartie en promettant de revenir avec des acheteurs potentiels et je n'étais jamais revenue et j'avais appris par mon voisin boulanger que la tante s'était éteinte une année après mon passage et que depuis les fils se disputaient les bouts de tôle et j'ai enfin trouvé un bar et je suis entrée commander un café et les quelques types attablés m'ont dévisagée comme si je n'étais pas vraiment humaine et en tous les cas comme un individu qui a eu beaucoup de facilités depuis la naissance et eux, juste beaucoup d'ennuis, et j'ai demandé l'adresse du bar au patron, un Mexicano aussi haut que large qui résonnait davantage cartel que pèlerinage à la Vierge, et j'ai téléphoné à une compagnie de taxis qui m'a informée de trente minutes d'attente alors j'ai commandé un autre café et un gars entre deux âges au physique agréable et à l'expression faussement affable m'a demandé si j'avais besoin de quelque chose et j'ai aussitôt secoué la tête même si je ne savais pas s'il parlait de sexe ou de drogue ou de téléphone mobile et quand le taxi est arrivé je me suis engouffrée à l'intérieur et il y faisait très chaud et il n'y avait pas de climatisation et les vitres des fenêtres arrière étaient bloquées et j'ai commencé à transpirer et à me répéter que j'aurais dû expliquer à Jo qu'il y en avait plusieurs et pas qu'un seul parce que je ne voulais pas d'une autre histoire d'amour que lui et que les autres c'était juste de l'amusement et qu'ils étaient remplaçables mais pas lui.

La chaleur dans le taxi était intenable mais le chauffeur ne voulait pas débloquer les vitres dans ce quartier car trop de collègues avaient subi des agressions même en plein jour et je ne pouvais pas descendre parce qu'il n'y avait aucun autre taxi alors j'ai commencé à dégouliner de partout en attendant qu'on atteigne une zone plus ordinaire avec des commerces non grillagés et comme il refusait encore de débloquer les vitres je suis descendue et j'ai attendu quinze minutes avant qu'un nouveau taxi dont le conducteur chinois écoutait très fort de la très mauvaise variété asiatique se manifeste.

– Vous pourriez baisser la musique, SVP?
– La musique gêne toi?
– Oui, ça me gêne.

Il a arrêté le taxi.

– Toi pas gentille, toi descendre.

Si même les chauffeurs chinois étaient prêts à perdre une course avec moi c'est que de toute ma personne émanait du bien lourd et maintenant les voitures jaunes emplissaient les avenues et j'ai aussitôt pris place dans un autre taxi dont les fenêtres n'étaient pas bloquées et la radio était d'un niveau sonore acceptable et j'ai placé mes écouteurs sur mes oreilles et j'ai cherché un artiste pas trop déprimant qui ne me ramenait pas à Jo et surtout pas du reggae et je n'ai rien trouvé à écouter et j'ai observé les cheveux gras et pelliculeux du chauffeur.

– Vous m'excusez mais je dois m'arrêter pour prendre de l'essence.

C'était une action bien anodine mais j'ai noté que c'était la première fois sur les milliers de fois où j'avais pris un taxi que ça m'arrivait et j'ai fermé les yeux et les doigts de Jo partout en son nouveau grand amour sont venus me visiter et j'ai essayé de me concentrer sur un autre homme mais c'est la disciple en chef du gourou qui a surgi. Six mois auparavant. Inde. Ashram. J'avais par mégarde versé un reste de courgettes dans la poubelle et non dans le pot de compost et j'avais senti une poigne forte se resserrer sur ma main, m'obligeant à l'immobilité.

– Je suis désolée, je pensais à autre chose.
– Que tu manques à ce point de concentration ça veut dire que tu ne respectes ni la planète, ni notre

maître, ni aucun des résidents de l'ashram, notre communauté ne peut pas l'accepter.

J'avais regardé le cafard qui courait sur le mur. Il était interdit de tuer les animaux petits ou grands, on devait diriger l'insecte sur un bout de carton et le déposer au-dehors.

Parfois j'en écrasais un en secret.

La disciple n'en finissait pas de médire sur mon peu de conscience écologique sans s'imaginer à quel point cette conscience s'amenuisait un peu plus chaque jour au contact de gens comme elle. Leur listing d'interdits me poussant inexorablement sur le chemin de la transgression.

Le cafard avait disparu.

La disciple en chef s'acharnait, me répétant les règles de la communauté sous différentes formes comme si elle avait à négocier avec une personne ayant des problèmes de compréhension avec les gestes élémentaires de la vie.

En définitive elle avait un ton assez proche de celui de Jo quarante-huit heures auparavant.

J'attendais que la disciple se calme car même si

je n'ai pas une grande habitude des groupes spirituels je sais que le premier cercle du gourou est toujours le plus virulent. Les femmes surtout quand elles ont en face d'elles d'autres femmes n'appartenant pas encore au premier cercle. Elles craignent d'être dégradées, des soldats prêts à tout pour traquer l'infidèle.

– Tu oublies de te laver peut-être, la planète c'est ton corps et c'est le nôtre, nous partageons tous le même, si tu ne prends pas soin de ton corps, tu te salis et tu nous salis, tous !

Je voulais bien reconnaître ma faute mais pas non plus m'autolapider pour une épluchure de courgette et comme la groupie en chef ne semblait pas encore en avoir terminé avec moi je m'étais avancée vers la porte et aussitôt la groupie s'était plantée devant moi, son opulente poitrine laiteuse formant bouclier et m'interdisant la sortie mais pas la parole :

– Préserver notre planète pour préserver l'homme qui y vit, franchement, quand je vois que t'es encore en âge de te reproduire, j'ai pas envie de participer à la préservation de l'espèce.

La groupie avait affiché une expression férocement perplexe et elle allait sans doute se mettre à hurler et j'avais reculé d'un pas au cas où parce que même si l'échange de coups était prohibé à l'intérieur de l'ashram la groupie en chef avait peut-être une dérogation pour les cas difficiles.

Je me trompais.

Le visage de la groupie s'était transformé en une expression de compassion absolue. Véritable morphing. Elle m'avait plaquée contre sa grosse poitrine, ses seins collaient à ma bouche et sentaient l'eau de Javel puisqu'elle venait de terminer les sols des sanitaires et l'odeur me donnait la nausée et je voulais me dégager mais c'était impossible parce que la groupie m'immobilisait contre ses seins et me caressait le crâne et un nouveau cafard défilait sur l'étagère des légumineuses et j'avais pensé au craquement de la carapace quand j'en écrasais un et la sensation d'être un cafard en phase d'étouffement m'avait saisie.

– Mathilde, je sens beaucoup de colère en toi, beaucoup. Tu as du mal à accepter l'amour de l'autre. Tu as du mal à lâcher prise mais tu dois abandonner toute cette colère qui t'empêche d'être qui tu es vraiment.

Il me restait six jours avant mon retour en Europe et en guise de lâcher-prise j'avais empaqueté mes affaires et réservé un vol pour Goa, de toute évidence je ne serais jamais homologuée disciple et dans l'avion j'avais sympathisé avec un petit groupe de lesbiennes italiennes généreusement tatouées et percées et à l'arrivée je les avais suivies dans une guesthouse du bord de la plage où elles retrouvaient d'autres copines et nous étions parties nous baigner avec de quoi boire et fumer et puis la plage s'était vidée et la nuit était tombée et elles avaient monté le volume de leurs enceintes Bluetooth et j'avais avalé un petit corazón rose pâle. Les mêmes qu'à Barcelone. La mondialisation de la drogue. J'avais cinquante ans et je trouvais ma vie idéale, je n'en voulais pas une autre. Pendant six jours j'avais suivi le même programme et quand Jo était venu me chercher à l'aéroport et que je lui avais parlé du groupe de lesbiennes italiennes il m'avait regardée d'un air de dire tu n'as pas trouvé mieux comme mensonge et il était reparti travailler et c'était la première fois que nous ne faisions pas l'amour aussitôt après nos retrouvailles – sans doute l'avait-il déjà rencontrée.

Hier Jo m'aimait.
Aujourd'hui Jo ne m'aimait plus.

Le taxi longeait la promenade maritime déjà bien encombrée par les flâneurs à pied, à rollers ou à bicyclette et j'ai pensé que plus personne ne disait bicyclette et encore moins motocyclette et il y avait aussi des joggeurs et des piétons à chiens et de jeunes mamans ou nounous avec poussettes et à travers la vitre arrière entrouverte il y avait une légère brise, comme un souffle. Un vent de terre qui éloigne l'eau réchauffée du rivage vers le large et j'ai observé l'écume, le ressac, les vagues qui vont, viennent et s'abîment et au loin sur le sable j'ai aperçu un groupe qui enchaînait les mouvements lents du tai-chi et leur danse au ralenti m'a renvoyée à l'histoire du moine bouddhiste zen qui demande à son disciple de lui montrer son visage d'avant la naissance de ses parents. Le disciple ne sait pas comment s'y prendre. Il veut que le moine lui apprenne. Impossible. Le disciple doit se débrouiller tout seul sinon ce ne sera jamais son visage à lui qu'il trouvera. Le disciple comprend mais il panique un peu. Par où commencer ? Par quoi ?

Chercher son vrai visage.

Le taxi est entré dans Poblenou et en traversant ces avenues bordées de vaisseaux de verre et de béton qui fendent le ciel je me suis souvenue de la fois où Jo m'avait fait visiter ce quartier que je ne connaissais pas puisque comme tous les touristes je me contentais alors de l'hypercentre barcelonais et je lui avais dit si un jour je vis dans cette ville ce sera dans ce quartier et il m'avait répondu alors je vais déménager de Gràcia et nous nous y étions installés et j'y avais aussi localisé mon agence et je n'allais pas quitter Poblenou parce que Jo me quittait – mais si Poblenou quittait Barcelone pour Bilbao je le suivrais en dépit du froid du gris et de la pluie – et le taxi m'a déposée devant mon immeuble en brique qui n'est pas un bel immeuble mais de mon dernier étage j'ai vue sur un grand nombre de vaisseaux qui fendent le ciel et j'ai la sensation de vivre avec eux tout là-haut et dans l'ascenseur j'ai croisé la gardienne qui m'a souhaité une bonne après-midi et je n'ai pas pensé que son après-midi allait être meilleure que la mienne car c'était le jour où elle nettoyait l'ensemble de la cage d'escalier et elle était justement en plein travail et quand j'ai enclenché la clef dans la serrure j'ai su que Jo était à l'intérieur de l'appartement puisque la porte était juste claquée et quand j'ai pénétré dans le salon Jo était en train de trier des dossiers sur le canapé où nous avions passé de si joyeux moments ensemble à poil ou habillés et sa chemise était moins entrouverte que la veille comme si la vision de son torse m'était maintenant prohibée.

Je l'ai trouvé terriblement séduisant.

À croire que l'amour avec l'autre l'embellissait et j'ai posé au sol mon grand sac puisque j'ai horreur des petits sacs.

– Tu pourrais prévenir quand tu découches ?

– Je croyais que nous n'étions plus un couple !
– Couple ou pas ça n'empêche pas de s'inquiéter !

En plus il avait raison.
Il avait souvent raison.

Je ne savais plus quoi faire de mon corps.
Mon corps était devenu un corps étranger.

J'en étais presque à regretter mes amusements qui m'avaient éloignée de lui et l'avaient rapproché d'elle. Je n'avais même plus envie de lui dire toi je t'aime eux c'est juste pour m'amuser toi tu es unique eux ils sont substituables et Jo me fixait avec l'air de celui qui se demande ce qu'a bien pu être le contenu de ma nuit et peut-être même qu'il se dit la salope – mais si mais si – même la nuit où elle se fait larguer elle trouve le moyen d'aller se taper un mec !

J'avais besoin d'un café mais le préparer avec lui derrière mon dos ce n'était pas possible alors je suis redescendue pour le boire à la boulangerie et un type dans la rue m'a demandé où il pouvait trouver un cordonnier et je le lui ai indiqué et nos regards se sont un peu attardés l'un sur l'autre. Pas qu'un peu quand j'y repense. Ils étaient encore l'un dans l'autre quand j'ai entendu la voix de Jo.

– Ça va, je ne te gêne pas trop !

Le type s'est éloigné aussi sec et j'ai estimé que Jo outrepassait le nouveau cadre qu'il nous avait fixé avec ses remarques de celui toujours en couple avec la femme qu'il vient de surprendre à en regarder un autre et un sentiment de colère ou d'injustice – je ne sais plus – m'a traversée.

– Ce n'est pas un homme avec qui je pourrais coucher, ceux avec qui c'est possible je le sais en quelques secondes, il ne m'est jamais arrivé de faire l'amour avec un homme et de me dire, tiens, je n'avais jamais pensé que je coucherais avec. Au moment précis où je croise le regard d'un garçon je ne sais pas si ça se fera mais je sais si ça peut se faire ou pas, d'un côté comme de l'autre.
– Tu ne t'arrêtes jamais, hein…
– Je suis terriblement triste.

Pour la première fois depuis quarante-huit heures il a eu l'air de me croire.

– Remonte prendre une douche visiblement tu en as besoin.

Je ne savais pas trop comment interpréter le *visiblement* et je l'ai rangé sur l'odeur de rez-de-chaussée moite et humide qui était la mienne depuis que j'avais quitté le Sublime et ma tête ne devait pas être celle idéale pour récupérer un homme que de toute façon je n'aurais jamais réussi à récupérer parce que Jo n'est pas un individu du genre un jour oui un jour non c'est un adulte structuré qui avant de prendre une décision réfléchit quasi scientifiquement aux conséquences de celle-ci.

— Viens, je vais te faire un café.

J'ai dû esquisser l'expression de la femme délaissée qui ne se réjouit pas du tout de boire un café que son tout nouvel ex va lui préparer non par amour mais par compassion parce qu'il a aussitôt ajouté :

— Je ne veux pas qu'on reste sur ce mauvais moment.
— C'est vrai, je suis une femme *attachante*.

Jo a soupiré et nous sommes remontés et je suis partie sous la douche et quand je suis revenue le café était prêt et les tartines beurrées et l'orange pressée et j'ai pensé à Valentin et à tous les hommes qui m'avaient préparé des petits déjeuners — ma personnalité *attachante* sans doute — dont le menu variait suivant leur origine et je me suis assise en face de Jo tout comme à l'époque où il était hors de notre réel d'imaginer qu'il y aurait une fin et je ne pouvais toujours pas intégrer que ce soit la fin et j'ai eu envie de pleurer parce que notre fin me ramenait façon boomerang à la mort d'un être trop jeune que j'avais beaucoup pleuré.

Pendant des années j'avais eu la sensation que sa mort n'était pas réelle. Il avait juste disparu. Il allait revenir. Ce n'était pas possible autrement.

J'ai croisé les doigts pour que Jo m'annonce que ce qui s'était déroulé depuis quarante-huit heures était faux. Mais Jo n'a fait aucune annonce et le silence est devenu son d'ambiance et pour le rompre j'ai embrayé sur la chaleur soudaine et sur les dix degrés de différence entre la veille et aujourd'hui et cette fois c'est lui qui s'est mis à dodeliner de la tête façon petit chien en feutrine marron placé sur la tablette arrière des voitures de mon enfance et soudain je n'ai plus supporté son mode canin.

— Tu pourrais quand même faire un effort, lancer un sujet de discussion, c'est toi qui as proposé ce café de *l'amitié* !

J'ai vu qu'il cherchait.

— … les élections, t'as un peu suivi…

J'étais abasourdie. Il avait choisi le sujet le moins inoffensif entre nous. Le sujet le moins susceptible de détendre l'air sauvagement tendu que l'on respirait depuis sa question comme une autre prononcée sur un ton anodin à la cafétéria de la station-service !

Il savait très bien que je n'avais pas suivi les élections parce que jamais je ne les suivais ! Me larguer ne lui suffisait pas ! Il fallait aussi qu'il me rappelle qu'il me considérait minable comme citoyenne – peut-être même encore plus que comme compagne !

– Mathilde, c'est important, il y a des candidats différents, des candidats qui ne proposent pas la même chose.
– Ça va, je sais ce que différent signifie !
– Tu pourrais quand même essayer à ton âge de concevoir la société en termes de groupes et non d'individus isolés, Mathilde !

Ça y est, on revenait à mon âge !

– Tu crois que lors des dernières présidentielles, si j'avais été voter, signifier que le droit de vote je le respecte, consciente de tous ceux qui ne l'ont pas, j'aurais gagné quelques mois de vie de couple avec toi ?
– T'es vraiment une conne !

Il était passé de *salope* à *conne* en moins de quarante-huit heures et je me suis demandé si je préférais être traitée de salope, de conne ou de pute et je me suis dit que ça dépendait de ce que j'étais en train de faire et je me suis levée et il s'est placé entre la porte et moi – comme la nuit où il m'avait annoncé la fin et quasiment avec la même expression déplaisante à mon égard :

– Tu n'as aucune morale, Mathilde, aucune !

Trop de morale pas de sexe.
Trop de sexe pas de morale.

– Et tu n'en as même pas conscience tellement tu en es dépourvue, Mathilde.

Tu dis trop souvent oui t'es une salope. Tu dis trop souvent non t'es aussi une salope.

– Tu pourrais au moins reconnaître, Mathilde, que tu ne devrais pas être en couple !

Mon prénom était redevenu signe de ponctuation.

– Mathilde, reconnais que ton attitude est incompatible avec une vie de couple !

J'aurais pu lui répondre tout dépend du couple !

– Mathilde !

J'ai pensé, il y a autant de façons d'envisager le couple que d'individus différents mais peut-être que l'unique façon de vivre pleinement le couple consiste à se mettre d'accord sur la façon de fonctionner et Jo et moi pendant douze années nous nous sommes mis d'accord sur des tas de choses concernant toutes sortes d'activités y compris l'éducation de mon fils mais jamais sur notre couple comme si le sujet était tabou, comme si tout allait bien chaque jour de chaque semaine de chaque année et je me suis dit si depuis quarante-huit heures tu as tant cafouillé avec le mensonge c'est peut-être parce que c'est le signal pour toi de trouver l'homme qui partagera ta vision du couple et je me suis mise à rêver d'un monde où les couples sont à la fois ensemble et séparés, l'infidélité pour ceux qui en ont la nécessité n'est pas marginalisée mais reconnue comme un ciment du couple, une étape nécessaire et saine inscrite dans les mœurs et dans ce monde merveilleux lors de la cérémonie de mariage on n'exige pas que les individus se jurent fidélité, ainsi on leur évite d'entrer dans la trahison dès le premier instant de leur union, on se jure uniquement de ne rien se jurer du tout et pour la première fois depuis que Jo m'avait annoncé la fin je me suis dit que je devais répondre à sa question comme une autre et j'ai recommencé à recenser et inventorier et j'ai vite été empêtrée dans de sacrées additions approximatives et j'ai repensé aux devis de rénovation des appartements et à comment autant d'unités aussi raisonnables par poste de travail peuvent aboutir à un total aussi onéreux et dans ma tête c'est redevenu un immense bazar parce qu'il y avait les fois qu'il fallait comptabiliser sans aucun doute et les fois où j'avais un gros doute et ça concernait finalement pas mal de fois et je n'arrêtais pas de me répéter à partir de quel échange entre deux personnes il faut intégrer cette fois-là aux autres et comme je n'arrivais pas à trouver de solutions j'ai décidé de m'en remettre au spécialiste du questionnaire en utilisant son putain de ton anodin – qui était sans conteste le ton de notre rupture – pour une question qui n'était pas du tout habituelle :

– Il était combien de fois quoi ? Combien de regards échangés avec du désir et la perspective de davantage ? Combien d'orgasmes, de caresses, de baisers ? Oui, dis-moi s'il te plaît, à partir de quel acte on doit ajouter cette fois-là aux autres ?

À son expression j'ai compris que Monsieur statistiques n'avait pas envisagé cela. Il avait rédigé des milliers de pages de questionnaires et des milliers de pages qui en analysaient les réponses mais il avait omis d'affiner sa question comme une autre et sans un dernier regard – comme si je m'étais brutalement incarnée Méduse – il est sorti encore plus violemment que la fois précédente de l'appartement et ça m'a de nouveau rappelé mon fils quand il claquait les portes et Jo voulait les démonter de leurs gonds pour ne plus les entendre et il avait fini par s'exécuter et la psychoacoustique de l'appartement en avait été brutalement modifiée car chacun de nous trois avions pris l'habitude de murmurer au téléphone par besoin d'intimité alors que lorsque les portes existaient nous étions si persuadés de notre protection que nous ne faisions jamais attention aux mots qui s'échappaient de l'embrasure des portes et volaient aux oreilles des autres puis Jo avait fini par remettre les portes et les claquements et les cris et les voix et les respirations des uns et des autres s'étaient de nouveau entrechoqués.

J'ai observé l'espace. Plus de fils et plus de Jo. Et la nostalgie de l'époque des portes m'a bouleversée ou plutôt ma soudaine solitude et j'ai été m'asseoir sur le canapé que nous avions été acheter ensemble à une époque où nous ne pouvions imaginer un futur sans l'autre et j'ai pensé que demain était le jour des encombrants et qu'il fallait que je le descende dans la rue car il était trop usé de tous ces joyeux moments que nous y avions passés ensemble pendant ces huit années où rien que sa présence à mes côtés me réjouissait et je suis restée immobile à m'inventer un dialogue entre Jo et moi ou plutôt un questionnaire. Ta morale t'a autorisé à mener une double vie pendant combien de temps exactement? À partir de quel moment tu lui as dit je t'aime alors que tu continuais de me le dire? À quelle date avez-vous envisagé ensemble et sérieusement mon cas c'est-à-dire votre couple officiel à vous? Je ne l'aime plus. Je vais la quitter. Sois patiente. Ça se passera bien. Elle n'est pas du genre à s'accrocher et encore moins à nous pourrir la vie. Elle adore la vue qu'on a de la terrasse de l'appartement. Je vais la lui laisser. Elle me remplacera vite – en tous les cas bien plus rapidement que si elle devait retrouver une vue pareille et j'ai repensé à sa question comme une autre et je me suis dit il faut tout recenser, même les baisers, mais surtout pas ces fulgurantes romances à caractère bien sexuel, de celles qu'on évoque à peine à demi-mots à ses confidents de toujours car on a presque honte de formuler ce que l'on a adoré pratiquer avec un autre être avec qui au final on ne partage pas grand-chose sinon justement cela. Oui, ce sont les seules qu'il faut négliger dans sa comptabilité parce qu'elles sont hors de tout, presque de nous-mêmes, et si loin de tout ce qui nous construit en apparence. Libre!

Mon mobile a vibré. Numéro inconnu. Rocky? C'était bien lui et comme il utilise son téléphone uniquement pour fixer rendez-vous nous avons convenu de nous retrouver chez le Malien parce que Rocky adore son poulet grillé et son baby-foot et j'ai envoyé un message à mes collaborateurs en leur mentionnant que j'étais encore patraque et que je n'étais pas certaine de venir travailler demain et je me suis préparée avec soin parce que je ne voulais pas ressembler à une femme fraîchement larguée et j'ai réussi puisque sitôt arrivée Rocky m'a dit :

– T'as l'air en pleine forme !

Nouvelle preuve qu'il ne faut jamais minorer l'influence du cheveu propre et coiffé et l'usage modéré de la crème teintée.

Rocky m'a raconté qu'il était allé récupérer des cousins en Andalousie pour les ramener à Barcelone.

– Ils travaillent dans le tissu. Pas la drogue.

Tout en enchaînant les parties de baby-foot il insistait là-dessus.

– Tissu. Pas drogue.

Rocky en a assez qu'on croie que tous les Pakistanais de Barcelone vivent dans la délinquance et quand je lui souligne qu'il y en a quand même un certain nombre il enchaîne aussitôt sur la corruption du pouvoir catalan et comme cette fois-ci je ne lui ai rien souligné il a poursuivi sur ses projets professionnels. Une échoppe de mobiles d'occasion. Forcément il y revendrait ceux volés aux touristes par ses compatriotes. Les touristes payaient pour se divertir. Ils payaient en euros et en mobiles et c'est un peu ce que les flics expliquaient aux milliers de touristes qui chaque nuit venaient déposer des plaintes pour vol en tous sens et la porte du Malien s'est ouverte et un homme est entré et je n'ai plus pensé aux touristes car même si cet homme ne relevait pas directement de la catégorie trophée il émanait de lui une sacrée dose de sensualité douce et tranquille et nous avons commencé à échanger des sourires comme si nous avions soudain été téléportés au pays du sourire et j'ai pensé à Jo.

Au moment précis où je croise le regard d'un garçon je ne sais pas si ça se fera mais je sais si ça peut se faire, d'un côté comme de l'autre.

Ça pouvait se faire. Des deux côtés.

Goa, Paris, Londres, Barcelone, Berlin, Amsterdam, toutes ces villes sont un grand marché du sexe à ciel ouvert et nous sommes tellement à être obsédés par ce marché que ça construit un immense étalage mondial et tout en continuant de sourire à l'homme qui prenait une bière au comptoir j'ai raconté Jimmy à Rocky et ça l'a beaucoup amusé car il connaissait Jimmy et se représentait parfaitement la scène et je ne lui ai pas raconté Valentin car Rocky n'aime pas les rastas – sans doute autant que les rastas n'aiment pas les Pakis – et avant de partir travailler dans la calle il m'a laissé un peu de MD :

– Tu vas faire quoi ce soir ?

J'ai haussé les épaules genre je ne sais pas et Rocky a observé l'homme au comptoir.

– Tu lui plais !
– Tant mieux parce que Jo m'a quittée samedi soir !
– Arrête tes histoires ! Je ne vais pas aller raconter à ton mec que le gars te plaît. Je le connais même pas ton mec, tu fais ce que tu veux ça me regarde pas !

Je n'avais plus la main avec le mensonge et la vérité ne voulait pas de moi et quand Rocky m'a souhaité une bonne soirée j'ai croisé les doigts en espérant qu'elle soit juste un peu moins désespérée que les deux dernières et l'homme à la sensualité tranquille m'a proposé une partie et nous avons commencé à jouer même s'il était manifeste que nous avions surtout envie de nous parler alors entre chaque point qu'il gagnait nous prenions un long temps pour échanger au son de la rumba congolaise que le Malien écoute en boucle et plus il se racontait et plus je me disais qu'il correspondait exactement au profil de ceux que j'apprécie pour vivre ces aventures qui m'amusent et me réjouissent tant.

Des hommes sans contraintes.

Ils n'ont pas d'occupations fixes et pas d'enfants ou alors des enfants qu'ils voient rarement et leurs propres parents ils les saluent un Noël sur cinq parce qu'en règle générale en hiver ils sont sous les tropiques. Asie ou Amérique du Sud. L'Europe c'est pour l'été et les petits boulots. Ils ont une faculté d'adaptation surprenante. Mer ou montagne ils changent juste de planche de glisse. Ils arborent piercings et tatouages – parfois un peu beaucoup trop – et clament des discours altermondialistes qui m'ennuient énormément mais je ne le leur mentionne pas car il faut bien que ces doux hommes souvent très disponibles mettent leur agressivité quelque part et ils écoutent de l'électro et toutes sortes de musiques traditionnelles remixées et se droguent à l'herbe et à l'ecsta et évitent la coke et l'héro car ils ne les ont pas assez évitées à un âge où ils auraient dû se contenter d'aller au lycée et maintenant ils n'ont plus d'âge car à cinquante ans ils vivent comme à trente et ils ont souvent de beaux torses car ils font au quotidien tout un tas de mouvements avec.

Il s'appelait Avi et résidait à Amsterdam d'avril à octobre en travaillant comme barman spécialisé dans les soupes et cocktails sans alcool et revenait de six mois de séjour chamanique au Pérou et comme j'ai moi aussi eu ma période ayahuasca nous avons évoqué les cérémonies avec la plante – parfois je me demande quelle expérience spirituelle non monothéiste je n'ai pas encore testée et j'ai repensé à mon marché d'hier qui me questionnait sur Dieu. J'aurais pu évoquer Bouddha puisque j'ai également eu ma période dojo zen mais je n'ai jamais abordé Bouddha comme un dieu mais davantage comme l'incarnation absolue de l'artiste qui fait de son corps et de son esprit son champ de recherche et qui en dégage une fabuleuse et inépuisable aventure spirituelle.

Avi m'a proposé de l'accompagner sur la plage où il devait rejoindre des amis et sur le chemin je lui ai demandé s'il voulait prendre un peu de MD.

– T'as l'air marrante comme femme.
– Au début je fais toujours cet effet-là et après en général ça se complique.

Il a souri et il avait des dents super blanches, comme ses ongles, d'ailleurs.

– Je ne prends plus de drogue car je ne veux pas participer à ce trafic, l'entretenir, je ne veux pas contribuer à toute cette misère et cette violence générées par les narcotrafiquants. Ce sont les consommateurs qui entretiennent les réseaux de corruption et de terreur. Plus de consommateurs. Plus de trafiquants. Nous devrions tous être solidaires à ce niveau-là.

Je n'ai pas dodeliné façon petit chien en feutrine marron car je contribuais à toute cette violence et j'ai illico pensé à mon fils qui pour les mêmes raisons fume juste la weed qu'il cultive et en chemin nous nous sommes arrêtés dans un bar colombien et il y avait tellement de monde que nos deux corps se sont retrouvés très proches mais Avi n'a rien tenté et j'ai compris qu'il ne tenterait rien cette nuit-là et que si je tentais quelque chose je le ferais fuir car il était de ceux avec qui il faut mettre les formes, du désir dans l'approche, utiliser les conventions en vigueur. Elles sont là pour ça. Certains hommes refusent d'être uniquement envisagés comme des objets de plaisir et ils ont raison, cette nécessité n'est pas propriété des femmes et la femme que j'étais – contrairement à la nuit précédente – se visualisait parfaitement rentrer seule et s'endormir, cela me paraissait même une excellente solution et nous avons continué d'échanger sur l'Inde et je lui ai raconté l'histoire du pot de compost avec la disciple en chef du gourou.

– Moi aussi j'ai arrêté les séjours dans les ashrams. Trop totalitaires. Ça m'a fait prendre conscience que la démocratie c'est souvent ennuyeux mais qu'on n'a encore rien trouvé de mieux pour vivre ensemble.

J'ai acquiescé comme je sais si bien le faire parce que je ne voyais pas trop ce que je pouvais faire d'autre et nous sommes partis rejoindre ses compatriotes sur la plage, des Israéliens qui depuis leur service militaire allaient chaque deux, trois ans se recueillir sur Mother India assurant qu'en Inde ils étaient en phase avec eux-mêmes, dénichaient leur être profond enfoui chez eux – même si la plupart ne résidaient pas sur leur terre natale mais en Europe – et j'ai repensé à ce que j'ai toujours pensé sur l'Inde : la merde et la beauté qui la composent tendent à rendre fou et encore plus fous ceux qui le sont déjà et cette folie était sans doute partie intégrante de leur recherche intérieure et le souvenir d'un cousin de ma mère m'a traversée. Un mafieux corse pas notoire mais certain dont le fils confondait vente et consommation de cocaïne et qui avait évoqué ses soucis de père à des collègues israéliens qui lui avaient assuré qu'ils détenaient la solution : exiler le fils dans un kibboutz du désert. Le fils serait à la diète forcée et le travail physique le requinquerait. Le mafieux estima l'idée lumineuse et envoya sur-le-champ son fils dans le Néghev pour une durée d'un an.

Le père attend toujours le fils. Ça fait presque trente ans.

Pour légaliser sa présence en Israël le fils a même exhumé de probables liens entre sa famille maternelle et les marchands juifs du Nord de l'Italie auxquels Paoli donna asile.

L'humidité était devenue trop dense pour le sable et le groupe a décidé de rentrer faire la fête et Avi m'a entraînée et nous sommes tous repartis en direction de chez le Malien puisque les amis d'Avi résidaient en face dans un immense complexe délabré et dédié à la capoeira et tout autour de l'immense salle de danse il y avait des chambres tout aussi immenses et dans l'une d'elles il y avait des dizaines de planches de skate très colorées accrochées aux murs et certains ont commencé à monter dessus et à tourner autour des tables et des chaises et d'autres se sont mis à jouer des percussions et d'autres à chanter et d'autres encore à danser et on a bu des rhums et d'autres préparaient des infusions et d'autres prenaient une douche sur le toit-terrasse alors qu'il faisait chaud mais pas tant que ça non plus et j'étais contente de ne pas avoir ingéré de MD et d'éprouver un plaisir non chimique à la réalité de l'endroit et j'observais Avi et je n'avais pas envie qu'il reparte le lendemain à Amsterdam et j'étais si épuisée que la perspective de devoir me transporter jusque dans mon lit me bloquait les jambes.

– Si tu veux tu peux aller te reposer dans ma chambre j'irai dormir sur la terrasse.

J'y suis allée en imaginant les mains d'Avi se balader sur ma peau et c'était comme une super montée d'héroïne sans l'envie de vomir qui souvent l'accompagne. De la super bonne came.

Un très beau jour de marché.

Au matin j'ai eu une pensée pour mes collaborateurs en train de faire fructifier mon agence pendant que je jouais les inconséquentes – en même temps nombreux sont ceux à poser des arrêts de travail motif dépression suite à une rupture.

J'étais en arrêt maladie.

Je me soignais auprès d'Avi venu m'apporter une salade de fruits car nul doute qu'il était du genre thé vert et lentilles corail et il s'est allongé à mes côtés mais pas façon je me colle et je t'embrasse. Façon c'est cool que tu sois encore là.

Il me trouvait *attachante*, sans doute.

– Comme tu sais je rentre à Amsterdam tout à l'heure. Je bosse demain. J'aimerais bien te revoir.

Ouf ! Il ne me trouvait pas juste attachante.

– Moi aussi j'aimerais bien.

Il a souri. Il avait un émail vraiment blanc et c'était ravissant.

– T'as souvent des histoires avec des hommes ?

Pas de doute. J'attirais les questions que je ne posais jamais. Les histoires de propriété du corps de l'autre ne m'intéressent pas. Je veux juste continuer à être propriétaire du mien.

– Tu entends quoi par souvent ?

Il a souri. Sa sensualité tranquille emplissait la pièce. J'avais envie d'aller prendre une douche, de me laver les dents et de me coller à lui.

– Dans beaucoup de langues *souvent* signifie un grand nombre de fois.

– Dans ce cas alors c'est presque assez souvent!

Il a souri. L'amour avec lui devait être tellement délicieux. Il fallait que je le revoie.

– Il y a un homme que tu fréquentes plus *souvent* que les autres?

– Depuis samedi soir, non.

Je lui ai tout raconté. Mes mensonges. Jo. Les manchots empereurs. Mes amusements et aussi comment j'envisageais mon futur couple et je ne pensais plus trop à Jo mais je savais que la douleur de la séparation reviendrait me retourner le ventre à intervalles irréguliers comme la mort accidentelle d'une personne aimée et beaucoup trop jeune pour décéder peut le faire sauf que pour elle vous savez que la douleur restera ancrée entrailles alors que dans le cas de la séparation la douleur s'estompera dès qu'un autre surgira pour écrire la suite et le souvenir des trois hommes qui ont successivement partagé ma vie dans mes vingt-cinq dernières années ou plutôt le couple que j'ai formé successivement avec ces trois hommes m'a donné une sensation de porte-à-faux.

J'étais la partie au-dessus du vide et Avi s'est préparé pour l'aéroport et avant de nous séparer il m'a serrée fort contre lui comme on le ferait avec quelqu'un qui vous plaît – mais pas tant que ça non plus – et j'ai eu la conviction que j'aurais dû me taire. Lui taire mes us et coutumes.

Je parle toujours trop.

Et devant la borne à vélos j'ai cherché ma carte dans mon grand sac et tout en pédalant je me répétais que j'aurais dû me la fermer, que ce garçon me plaisait et que je pouvais partager avec lui pas mal de choses superficielles ou pas et que de toute façon j'avais toujours eu du mal à faire la distinction entre ce qui était futile ou pas et que le monde regorgeait de serial monogames et que c'était sans doute plus facile à gérer – même si certains déliraient sec et assassinaient au nom de leur amour et donc au nom de leur jalousie et que somme toute les polygames aussi se permettaient ce type de débordements et arrivée à l'appartement j'ai constaté que Jo avait commencé à enlever certaines de ses affaires et la tristesse m'a envahie et mon fils m'a appelée en me disant qu'il fallait absolument que je voie le film qu'il avait visionné la veille au soir.

C'était l'histoire d'un tueur à gages corse qui un jour découvre que son épouse a une liaison avec le prochain homme qu'il doit abattre et on pense qu'il va buter direct la femme et l'amant mais ce n'est pas ça du tout car le tueur est avant tout un professionnel du crime, un véritable technicien du meurtre et il ne veut pas tout gâcher sur un coup de passion parce que depuis des années le tueur exécute des cibles avec lesquelles il n'a jamais eu aucun lien et c'est la raison principale pour laquelle on n'a jamais pu remonter jusqu'à lui, mais cette fois il y a un lien et pas n'importe lequel puisque la cible couche avec son épouse et le tueur comprend donc qu'il court un gros risque d'être rapidement identifié et il décide d'enquêter afin de comprendre si ce lien relève du pur hasard ou pas et si on cherche à lui nuire ou pas et il entame une filature de la cible et peu à peu il note certaines similitudes entre la cible et lui.

La cible aime ses enfants.
Lui aussi.
La cible aime son épouse.
Lui aussi.
La cible a besoin d'une liaison adultère.
Lui aussi.

Le tueur a déjà trompé sa femme mais il n'a jamais pensé divorce et il commence à se demander si la tromperie de sa femme vaut un crime et la souffrance inconsolable qu'elle engendrera chez leur progéniture et chez celle de l'amant et plus les jours passent et plus le tueur éloigne l'idéc d'assassiner la cible et plus il parvient à la certitude que le commanditaire du meurtre est l'épouse de la cible et que son choix à elle n'est pas une simple coïncidence car en choisissant ce tueur-là elle pensait se débarrasser de son mari et de sa rivale puisqu'elle pensait logiquement que le tueur serait incapable de gérer son émotion et basculerait dans le crime passionnel en éliminant tout le monde car l'épouse trompée ne pouvait prévoir que le tueur allait enquêter avant de tuer et qu'en enquêtant il allait entrevoir une autre forme d'amour et continuer d'aimer son épouse qui le trompe et s'ouvrir au possible de l'infidélité et je n'ai pas pu m'empêcher de rigoler et de dire à mon fils que c'était une vision archi-continentale de l'île et il m'a demandé pourquoi ?

– Parce que je n'ai jamais vu un Corse réfléchir avant de tuer !

Nous avons ri ensemble puisque mon fils et moi rions beaucoup ensemble depuis que nous vivons éloignés et je me suis de nouveau souvenue de cette époque pas si lointaine où il me qualifiait de pathétique en claquant les portes et Jo voulait les démonter de leurs gonds pour ne plus les entendre.

Être enfant c'est être otage.
Devenir parent d'un adolescent c'est devenir otage.

– Ça s'appelle comment ce film?

– *Un Corse raisonnable.*

– Moi, c'est si le tueur avait buté sa femme et l'amant que je l'aurais appelé comme ça !

Et nous avons ri ensemble puisque nous adorons rire ensemble depuis que nous habitons séparés.

– C'est cool, t'as l'air d'avoir la forme, moi qui t'appelais surtout pour savoir si tu n'étais pas au fond de ton lit. T'as fait quoi ce week-end?

En quelques secondes j'ai vu passer Jimmy, Valentin, Rocky et Avi et je me suis dit que tout cela ne résonnait pas mère qui parle à son enfant alors j'ai répondu :

– Rien. Quelques bars et discuter.

– Mais comment ça va…

–Vu les circonstances, ça pourrait aller plus mal…

Mon fils a perçu que je n'avais pas du tout envie de parler de Jo et de moi et il m'a souhaité une bonne soirée et j'ai noté que les gens ne cessaient de me souhaiter de bonnes soirées et que mon fils était la seule personne sur laquelle je ne me sois jamais posé la question de l'amour et que je l'avais aimé dès que j'avais appris son embryon d'existence et encore aimé à l'époque où il claquait toutes les portes et que Jo les démontait de leurs gonds pour ne plus les entendre et que cet amour-là était sans doute la raison qui faisait que tous toujours nous voulions être parents afin de pouvoir aimer sans fin et que je ne devais pas me laisser dominer par toute cette poignante tristesse qu'on placarde au statut de femme célibataire comme si exister seule était une punition et qu'il fallait que je voie cet homme *raisonnable* car j'allais pouvoir m'identifier simultanément au tueur, à la femme qui trompe et à la femme trompée et j'ai reçu un message d'Avi qui ne m'a pas du tout fait plaisir et comme il était en anglais je l'ai lu et relu pour être bien certaine du sens mais hélas le même sens se confirmait après chaque relecture.

Avi m'écrivait que l'idée de tenter avec moi l'expérience du couple qui se jure de ne rien se jurer du tout – surtout pas fidélité – le séduisait beaucoup mais que dans la pratique il s'en sentait incapable car il avait trop besoin d'amour.

J'ai noté que je me faisais larguer avant même d'avoir consommé.

J'ai noté que ma situation allait de mal en pis.

J'ai noté que j'aurais pu féliciter Avi pour la maturité de sa réponse et j'ai pensé à tous ceux qui refusent d'entendre la singularité de l'autre et restent sur la leur, persuadés qu'ils arriveront à changer l'autre et ils partent pour des années de fourvoiement parce que notre attitude face à l'amour nous échappe et c'est sans doute pour cette raison que nous n'avons pas le pouvoir de la transformer au gré de nos rencontres et j'ai envoyé à Avi un laconique « je comprends » et je lui ai souhaité une bonne soirée puisque nous étions encore dans les horaires légaux pour le faire et je me suis encore maudite de l'avoir informé de mes us et coutumes et j'ai effacé son message bien que ce ne soit plus nécessaire puisque j'étais célibataire mais les automatismes restent alors que les hommes partent et j'ai senti la déprime qui montait et j'ai eu envie de m'allonger mais j'ai évité le canapé et le lit de la chambre à coucher et je suis allée m'étendre sur la banquette du bureau que nous avions peu testée et j'ai imaginé qu'Avi avait encore plus de mains que Shiva et que c'était encore meilleur que dans mon imagination de la nuit précédente et Jo est venu retraverser mon sommeil et ce n'était pas agréable du tout et au matin il était encore présent et je l'ai détesté. Il aurait dû me quitter sans me parler de l'autre et j'ai recommencé à me demander quelle était cette autre tout en me préparant en patronne d'agence immobilière et à la station de vélos j'ai cherché ma carte dans mon grand sac parce que j'ai horreur des petits sacs et comme je suis incapable d'allouer une poche à un contenu précis je l'ai cherchée et pendant ce temps un jeune sans signe particulier a choisi de m'ignorer alors qu'il m'avait repérée et a emprunté le dernier vélo et je me suis dit il y a des choses qui restent immuables dans mon quotidien, moi qui cherche ma carte dans mon grand sac et qui pendant ce temps me fais piquer le dernier vélo et c'est bien parce que ça construit des points de repère et j'ai retrouvé ma carte et une jeune femme avec un étui de violon est venue déposer un vélo et je l'ai emprunté et j'ai brûlé un feu tout en me souvenant de la multa de cent euros il y a deux mois pour cette même infraction à ce même croisement et le policier m'avait précisé que les cyclistes n'avaient pas que des droits mais aussi des devoirs et je lui avais dit que j'étais bien d'accord puis une fois arrivée devant la station de l'agence je n'ai pas pu reposer mon vélo car à cette heure-là beaucoup de Barcelonais avaient déjà rejoint le centre pour travailler et j'ai attendu parce qu'une place finirait bien par se libérer et je me suis promis d'acheter un vélo pliable pour venir travailler, un vélo que je rentrerais dans l'agence et aussi chez moi, un vélo que nul voleur ne pourrait harponner et dans mon bureau j'ai présenté mes excuses à l'homme d'affaires français avec pantalon Ralph Lauren et polo Lacoste qui m'attendait depuis quinze minutes et qui exhalait celui qui n'a pas de temps à perdre et qui a les moyens d'investir à Barcelone tout en conservant ses biens à Boulogne.

– Je voudrais acheter ma résidence principale à Barcelone, y domicilier aussi ma société car la France me massacre, ce n'est plus possible.

J'ai entendu cette phrase des milliers de fois et pour la nième fois j'ai pensé : les pauvres sont massacrés direct sans jouir un minimum.

– Vous allez travailler en France ou en Espagne ?
– Je travaille dans le monde entier. Je passerai une semaine par mois à Paris et j'en profiterai pour voir mes enfants.

Il dirigeait une société de management international dans le domaine de la finance et il a embrayé sur les impôts et a expliqué qu'il sortait d'un contrôle sévère et il a rapidement compris – ça semblait aller à toute vitesse dans sa tête – qu'il ne me tirerait aucune larme sur son sort fiscal et a précisé :

– Je suis issu d'un milieu très modeste de l'Aragon, mes grands-parents ont émigré en France pour échapper au franquisme. Dix-huit ans dans un deux-pièces à Vanves avec mes quatre frères et sœurs.

J'ai alors brièvement évoqué ma famille corse exilée à Châtillon après l'exil d'Alger dans un trois-pièces et nous avons discuté proche banlieue sud-parisienne entre enfants issus d'un milieu modeste et émigrés puisque j'ai été élevée dans la croyance que les Corses vivant sur le continent sont des étrangers et nous sommes passés au tutoiement car nous avions le même âge et les mêmes souvenirs de banlieues de petites joies et de petites privations et puis il est revenu sur sa famille et a décrit sa mère femme au foyer et j'ai pensé à la mienne qui rêvait pour sa fille unique d'une maison sur l'Île avec tout plein d'enfants d'un mari corse et quand j'ai rencontré Jo elle a cessé de me harceler, peut-être parce qu'il était catalan et qu'il aimait discuter indépendance avec elle et qu'elle aimait en discuter avec lui et que ni lui ni elle ne pouvaient en discuter avec moi car leur nécessité absolue d'indépendance m'est toujours apparue comme une violente dépendance et peut-être simplement parce que tout le monde apprécie Jo !

Une ville emplie de Jo serait non polluée, non violente, honnête.

Puis l'homme d'affaires a été à la fois obscur et transparent pour me laisser supposer qu'il avait une maîtresse qui résidait à Barcelone et que son épouse resterait à Paris avec les enfants pour ne pas les perturber dans la poursuite de leurs études et alors que je m'interrogeais sur la nécessité de cette confidence j'en ai compris la raison : les deux femmes

– sans doute l'une après l'autre mais je ne savais pas dans quel sens – allaient procéder à quelques visites avec lui quand il aurait une sélection sérieuse de biens.

– Les femmes ont toujours un regard intéressant sur l'organisation d'un espace.

Pas plus que les hommes mais je ne l'ai pas formulé, j'ai préféré répondre d'un bref :

– Je comprends.

Il m'a alloué un sourire de remerciement pour ma discrétion à venir et j'ai eu envie de lui dire mec, tu n'as pas idée de ta chance de tomber sur moi, le père de mon fils avant de me quitter après seize ans de vie commune – mais heureusement j'avais déjà rencontré Jo – m'avait fortement conseillé de créer une agence d'alibis, m'assurant que j'avais toutes les capacités requises pour faire fortune.

Organiser le mensonge des autres.
Leur donner véracité.
Sauver des vies.

Qui n'a jamais eu besoin d'une aide extérieure pour valider un alibi ! Certains individus ne peuvent pas ou ne veulent pas faire appel à leurs proches car ils tiennent au secret de leur vie plus que tout et ils sont prêts à payer des fortunes pour qu'on leur fabrique l'histoire qui leur permettra de continuer de mener les multitudes de vies qu'ils aiment. J'aurais pu éviter à des centaines d'individus des drames familiaux et des licenciements et des faillites, enfin tout ce qui dans la vie est cause de souffrance – quand on voit le nombre d'existences assassinées par jalousie et vengeance – et l'homme d'affaires continuait de préciser sa recherche avec tant de minutie que j'avais la sensation que c'était lui le directeur d'agence et moi la cliente et je me disais reprends le dessus de la discussion, montre-lui que tu es si motivée qu'il n'a pas besoin de contacter une autre agence, n'oublie pas que c'est un client rêvé et je lui ai présenté quelques biens en images et j'ai exposé les points forts en peu de mots car c'était un homme qui avait plus l'habitude d'être écouté que d'écouter et qui aimait bien finir vos phrases et nous avons convenu de trois visites pour le lendemain et il est reparti et à travers la porte vitrée de l'agence je l'ai regardé allumer une cigarette et téléphoner sans doute à sa maîtresse, tant il semblait excité et enjoué et puis après sans doute à son épouse tant il semblait sérieux et organisé dans sa pensée, avec la main qui scandait ses propos et ça m'a renvoyée à Jo quand il me donnait la sensation dans ses explications que j'avais un problème de compréhension sur les notions élémentaires de l'existence et aussi à la disciple en chef du gourou et j'ai pensé aux manchots empereurs qui vivent en colonies de milliers d'individus tous collés les uns aux autres et une fois arrivés sur le site de nidification ils ont une trentaine de jours avant la copulation pour dénicher leur partenaire de la saison. Ça crie, ça chante et ça parade en tous sens. Le temps de la séduction. Et eux qui pratiquent tout ensemble, même la garde des enfants, s'isolent pour l'amour et j'ai fermé l'agence et j'ai marché en direction de chez moi en m'arrêtant chez le primeur parce que je n'allais pas non plus commencer à me nourrir n'importe comment parce que je vivais seule et dans la cage d'escalier j'ai croisé la gardienne qui ne m'a pas souhaité une bonne soirée mais qui m'a demandé si j'avais besoin de quelque chose et j'ai failli lui répondre en plaisantant, oui, j'ai besoin de tout un tas de choses mais à son regard j'ai compris que Jo l'avait déjà informée de ce qui changeait pour nous et qu'elle compatissait – entre femmes délaissées – même si elle aimait bien Jo puisque tout le monde aime Jo et j'étais certaine que la prochaine fois que mon fils viendrait me voir il passerait aussi voir Jo et qu'ils continueraient à jouer aux échecs ensemble et à faire du kitesurf enfin tous ces trucs que les garçons aiment faire entre eux et que mon fils goûterait les plats mijotés par la nouvelle compagne sans jamais les évoquer car mon fils a hérité de sa mère si peu corse la loi du silence et arrivée dans le salon j'ai constaté que Jo avait commencé d'enlever ses livres sur les étagères ce qui confirmait que je perdais la vue de l'homme dans la chambre à coucher mais pas celle sur les vaisseaux de verre et de béton – apparemment Jo avait choisi de me laisser l'appartement. Son nouveau grand amour en possédait peut-être un que son ex lui avait déjà abandonné et je suis sortie sur la terrasse et j'ai observé la ville et j'ai repensé à Rocky et à Jimmy et à tous les Pakistanais et Indiens de cette ville et à tous les manteros que Valentin méprise tant et à toutes les prostituées de moins de vingt ans qui ne dépasseront jamais la quarantaine et à l'autoroute et à la station-service et à la table en Formica orange qui aurait bien eu besoin d'un coup d'éponge et à sa question comme une autre prononcée sur un ton anodin et à l'impermanence qui caractérise mes élans amoureux depuis toujours et je me suis dit que sans cette impermanence je serais une statue et que j'avais la chance d'être vivante et la nuit a envahi l'espace et les lumières de la Torre Agbar n'ont pas tardé à claquer le ciel et ça m'a fait penser aux tours des châteaux qu'on pare de mille feux pour les mariages dans les contes qui ont toujours pour enjeu majeur de trouver le prince charmant et jamais de le perdre et qui commencent par *Il était une fois* et notamment celui de *La Princesse aux petits pois* qui a toujours été mon préféré et au fait que j'ai testé tout un tas de surmatelas à mémoire de forme sans jamais en trouver un totalement à mon goût, c'est jamais assez moelleux et ferme à la fois, ça enveloppe jamais comme il faut et je me suis dit tu as juste à modifier *une* en *combien de* pour que ça devienne ton conte.

Ce 358ᵉ titre du Dilettante a été achevé
d'imprimer à 2 222 exemplaires le 21 octobre 2016
par l'Imprimerie Floch à Mayenne (Mayenne).
Il a été tiré, en outre, 13 exemplaires sur
vélin rivoli blanc, numérotés à la main.
L'ensemble de ces exemplaires constitue
l'édition originale de « Il était combien de fois »,
d'Hélène Couturier.

Dépôt légal : 4ᵉ trimestre 2016
(90243)
Imprimé en France